ANDRZEJ MALESZKA

MAGICZNE DRZEWO

ANDRZEJ MALESZKA

MAGICZNE DRZEWO

BERŁO

ILUSTRACJE

ANDRZEJ MALESZKA

znak emotikon

KRAKÓW 2017

Projekt okładki i ilustracje
Andrzej Maleszka

Opieka redakcyjna
Dorota Gruszka

Adiustacja
Anna Szulczyńska

Korekta
Anna Szulczyńska
Judyta Wałęga

Projekt typograficzny
PARASTUDIO

Łamanie
Irena Jagocha

Fotografie bohaterów: Maciej Mańkowski, Monika Lisiecka, Wojciech Karliński
Na okładce i ilustracjach wykorzystano elementy zdjęć autorstwa:
© Andrzej Maleszka
© master1305/iStock
© amer ghazzal/Alamy Stock Photo
© Rottenman/Dreamstime
© Kyolshin/Dreamstime
© Laszlo/Adobestock
© nejron/depositphotos
© Viktor_Gladkov/iStock
© felixmizioznikov/iStock
© 123foto/iStock
© Andrew Rafalsky/Shutterstock
© Thomas Gowanlock/123rf
© Jannis Tzimopulos/Alamy Stock Photo
© Mathias Reppenhagen
© shutterstock/Ociacia
© Vladim00719/CGTrader
© Fb/Henry's Robots
Pojazd Lego: © Bob Alexander

ISBN 978-83-240-4920-2

Książki z dobrej strony: www.znak.com.pl
Więcej o naszych autorach i książkach: www.wydawnictwoznak.pl
Społeczny Instytut Wydawniczy Znak, 30-105 Kraków, ul. Kościuszki 37
Dział sprzedaży: tel. (12) 61 99 569, e-mail: czytelnicy@znak.com.pl
Wydanie I, Kraków 2017. Druk: Colonel, Kraków

Dedykuję Marysi Makuch

W dwutysięcznym roku nad doliną Warty przeszła straszliwa burza. Trwała bez przerwy przez trzy dni i trzy noce. Przerażone zwierzęta kryły się w najgłębszych norach. Małe dzieci chowały głowy pod poduszki, by nie słyszeć nieustającego huku grzmotów. W wielu domach zgasło światło, a dachy porwała wichura.

Trzeciego dnia piorun uderzył w olbrzymi stary dąb rosnący na wzgórzu. Drzewo pękło i runęło na ziemię. Zadrżały domy w całej dolinie, a burza natychmiast ustała.

Nie był to zwyczajny dąb. Było to Magiczne Drzewo. Miało w sobie ogromną, cudowną moc, lecz wtedy nikt o tym nie wiedział.

Ludzie zawieźli je do tartaku i pocięli na deski. Z drewna zrobiono setki różnych przedmiotów, a w każdym przedmiocie została cząstka magicznej mocy. W zwyczajnych rzeczach ukryła się siła, jakiej nie znał dotąd świat. Wysłano je do sklepów i od tego dnia na całym świecie zaczęły się niesamowite zdarzenia.

BERŁO

Był piątek, dwunasty maja. W twierdzy Angaro dwaj mężczyźni w czarnych płaszczach pędzili po schodach. Stalowe stopnie łomotały jak bębny. TRACH! TRACH! TRACH!

Wbiegli do przedsionka i zatrzymali się przed wysokimi drzwiami. Jeden z przybyszy dotknął mosiężnej głowy wilka sterczącej w miejscu klamki. Ciężkie drzwi zaczęły się otwierać. Odsłoniła się wielka mroczna sala. Jej ściany i podłoga były zrobione z kamienia, a okna szczelnie zakryte. Na środku stało podwyższenie z żelaznym fotelem. Siedział na nim ktoś ledwo widoczny w mroku. Wyglądał, jakby był cieniem.

Mężczyźni w czarnych płaszczach weszli do sali.

Jeden z mężczyzn zawołał:

– Don Morrati! Znaleźliśmy je wreszcie. Wiemy, gdzie jest! – Uniósł mapę trzymaną w ręku i dotknął jakiegoś punktu. – Jest tutaj!

– Kto je posiada? – spytał głos w ciemności.

– Złodziej. Rudy drań, który kradnie zegarki.

– Kłamiesz – mruknął człowiek na fotelu. – Kto ma ten przedmiot, nie musi kraść. Może mieć wszystko.

– On nie chce mieć wszystkiego. Boi się.

– Czyli jest głupcem. Jedźcie tam i zdobądźcie ten przedmiot. Pamiętajcie, że ma straszliwą moc. Wiecie, co trzeba zrobić?

– Wiemy, Don Morrati!

– Ruszajcie!

Po kilku minutach w murze otaczającym twierdzę otworzyła się brama. Wyjechało szare bmw. Siedziało w nim dwóch mężczyzn w czarnych płaszczach.

Drogę przecinała rzeka, nad którą był przerzucony żelazny most. Kierowca dotknął ekranu w samochodzie. Most drgnął i lekko się przesunął. Bmw przetoczyło się po nim ostrożnie. Potem silnik zahuczał i samochód popędził drogą wśród czarnych skał. Słońce już zachodziło i powoli zapadał zmrok.

Rankiem następnego dnia Kuki, Gabi i Blubek stali przed bramą domu na ulicy Weneckiej. Obok opierali się o ścianę Alik i Idalia.

Wszyscy gapili się na Budynia, który ze smętną miną siedział na chodniku.

– Szefie, naprawdę muszę? – spytał kundelek.

– Musisz! – stwierdził stanowczo Kuki.

– Ale ja dziś kiepsko się czuję – pisnął żałośnie psiak. – Boli mnie ogonek. I pazurki!

– Nie zmyślaj, Budyń – powiedziała Ida. – Po prostu nie chce ci się biegać!

– Zgadza się. Nienawidzę tego głupiego joggingu. Gdybym miał gonić kota, to co innego. Ale biegać, żeby biegać, to jest bez sensu!

– Weterynarz kazał ci uprawiać jogging, bo za bardzo utyłeś – oświadczyła Gabi. – Musisz się odchudzać.

– Wciągasz za dużo kiełbasek czosnkowych – zaśmiał się Blubek.

– To nie moja wina! – zawołał oburzony kundelek. – Od kiedy Korto przestał istnieć, nie mamy żadnych porządnych przygód. Więc z nudów jem i oglądam telewizję.

– Budyń, przestań marudzić. Biegnij!

– A czemu wy nie biegniecie? – pisnął psiak.

– Musimy jechać do szkoły na próbę przedstawienia – powiedział Alik.

– Budyń, koniec gadania – oświadczył stanowczo Kuki. – Start!

Kundelek westchnął i pobiegł ulicą Wenecką.

– Tylko nie oszukuj! – zawołał Kuki. – Masz biec do Rynku i z powrotem. Pięć razy!

– Pięć razy… Jeszcze czego! – mruczał psiak, truchtając niezbyt szybko. – Pobiegnę tylko do sklepu z serdelkami i tam sobie odpocznę na ławce. Powdycham zapach kiełbasek, bo od wąchania pies nie tyje. Ale jak sprzedawczyni da mi kilka serdelków, to trudno, będę musiał zjeść. Przecież nie mogę być niegrzeczny…

Rudzielec zamknął drzwi i odwrócił tabliczkę wiszącą za szybą. OTWARTE zmieniło się w ZAMKNIĘTE.

– Do mnie, Roko! – zawołał.

Rozległ się łopot skrzydeł. Nad głową mężczyzny przeleciał ptak i usiadł na lampie. Był to kruk o czarnych lśniących piórach.

– Chodź tu! – krzyknął Rudzielec.

Ptak siedział bez ruchu.

– Nie słuchasz rozkazów? Poczekaj, łobuzie! Zaraz będziesz posłuszny!

Mężczyzna ruszył w głąb mrocznego pomieszczenia. Minął kufer pełen kościotrupów i regał z głowami wampirów. Wszedł między długie rzędy wieszaków. Kołysały się na nich złote płaszcze, rycerskie zbroje i futra wielkich myszy.

Rudzielec odsunął jeden z wieszaków. Ukazała się metalowa szafa z potężnym zamkiem. Mężczyzna zdjął zawieszony na szyi klucz i włożył go do zamka. Przekręcił. Drzwi szafy otworzyły się z ponurym zgrzytaniem. Błysnęło światło.

Na półkach leżały zegarki. Były ze złota, niektóre ozdobiono drogimi kamieniami. Zegarków było mnóstwo… Setki! Wskazówki poruszały się, wypełniając szafę głośnym tykaniem.

Rudzielec przyglądał się zegarkom z czułością. Wsłuchiwał się w ich tykanie jak w najpiękniejszą muzykę. Potem spojrzał na najwyższą półkę szafy. Leżało tam coś długiego i lśniącego.

Mężczyzna założył grube rękawice i ostrożnie wyjął przedmiot. W sali pojaśniało, jakby ktoś zapalił lampę.

Rudzielec trzymał w dłoni królewskie berło. Było zrobione z drewna i pomalowane złotą farbą. Świeciło w ciemności.

Mężczyzna przez chwilę stał z uniesionym berłem, patrząc na swe odbicie w lustrze.

Ptak skulony na żyrandolu obserwował go z niepokojem. Rudzielec wycelował w niego berło.

– Roko! Do mnie! – rozkazał.

Kruk wrzasnął, jakby go ukłuła niewidzialna igła, a potem pofrunął i wylądował na głowie Rudzielca.

Ulicą Kasztanową jechali na rowerach Kuki, Gabi i Blubek, za nimi Ida i Alik.

– Budyń ma rację – powiedział Kuki.

– Z czym? – spytał Blubek.

– Od kiedy nie ma Korto, jest strasznie nudno. Nie ma szans, by znaleźć nowy magiczny przedmiot, i nic się nie dzieje.

– Biedny Korto... – westchnęła Ida. – Zginął, żeby nas ocalić*.

---

* Historię Korto i inne ważne informacje znajdziecie w specjalnym rozdziale na stronie 432.

– Szkoda, że nie można go naprawić – powiedziała Gabi.

– Nie da rady – mruknął Blubek. – Korto jest totalnie zniszczony.

– A wiecie, że on mi się dzisiaj śnił? – powiedział Alik.

– Korto?

– Tak. Śniło mi się, jak walczył z olbrzymami. Zanim go zniszczyły, spojrzał na mnie i powiedział: „Uważaj. To będzie dziś". A potem dodał coś dziwnego.

– Co?

– Powiedział: „Noś rękawice!".

– Noś rękawice? – zdziwiła się Ida. – Co to znaczy?

– Nic. Po prostu sen.

– Słuchajcie, musimy się pospieszyć – powiedziała Gabi. – Bo spóźnimy się na próbę.

– Ścigamy się! – zawołała Ida. – Start!

Popędzili w stronę szkoły.

Drzwi z kryształowymi szybkami otwierały się powoli. Wyfrunął zza nich czarny ptak, a potem wysunął się Rudzielec. Miał na dłoniach rękawice, w prawej ręce trzymał berło. Rozejrzał się uważnie.

Był ciepły majowy dzień, słońce wyglądało zza białych obłoków.

– Są chmury – szepnął Rudzielec. – To dobrze…

Poszedł ulicą Wilczą w stronę Rynku. Czarny ptak leciał nad jego głową. Nagle Rudzielec zatrzymał się. Przypomniał sobie, że nie zamknął drzwi, jednak nie chciało mu się wracać. Poszedł dalej.

Budyń biegł staromiejską uliczką w stronę Rynku. Miał wywieszony język i był zziajany.

– Nie cierpię joggingu – sapał. – Czy oni nie rozumieją, że pies się męczy dwa razy bardziej, bo musi przebierać czterema łapami! Niech ten weterynarz sam sobie biega! Na czworakach oczywiście!

Na szczęście niedaleko był sklep SERDELEK, przy którym Budyń postanowił odpocząć. Psiak czuł już rozkoszną woń kiełbasek unoszącą się w powietrzu.

Nagle z bocznej ulicy ktoś wyszedł. Niemal wpadł na Budynia.

Kundelek zatrzymał się.

Przed nim stał mężczyzna z rudymi włosami. W ręku trzymał jakiś długi przedmiot. Nie zwrócił uwagi na Budynia, bo gapił się w niebo.

– Do mnie, Roko! – zawołał.

Po chwili przyfrunął czarny ptak i usiadł na ramieniu Rudzielca.

– Nie oddalaj się! – mruknął mężczyzna. – Chcę cię stale widzieć, rozumiesz?!

Ptak kiwnął głową.

Rudzielec rozejrzał się. Poza Budyniem na ulicy nikogo nie było.

– Zaczynamy – szepnął.

Skierował berło w górę, w stronę chmur, i powiedział coś po cichu.

Zdziwiony Budyń zobaczył, że obłoki na niebie drgnęły i zaczęły opadać jak wielkie spadochrony! Albo jak ogromne poduszki, które ktoś zrzucił z nieba! Po chwili chmury wpłynęły między domy, wypełniając ulice gęstą mgłą. Wszystko zniknęło w białych oparach. Budynki i ludzie stali się niemal niewidoczni! Jakby ktoś pomalował miasto farbą niewidzialności!

Rudzielec zaśmiał się.

– Dobrze. Teraz nikt nas nie zobaczy.

Ruszył w stronę Rynku, znikając we mgle.

Budyń gapił się zdumiony.

– Muszę to zbadać… – wyszeptał.

Zapomniał o sklepie SERDELEK i pobiegł za tajemniczym przechodniem. Rudzielec przepadł w białych oparach, ale genialny nos prowadził kundelka jego tropem.

Zapach zaprowadził Budynia aż na Rynek. Tutaj mgła była rzadsza i widać było zarysy domów i ludzi.

Kundelek ujrzał Rudzielca. Stał przed sklepem ze szwajcarskimi zegarkami i wpatrywał się w wystawę. Leżał tam zegarek ozdobiony wielkimi brylantami. Obok stała tabliczka z napisem: BIG BANG CHRONOGRAF. CENA 3 000 000.

Budyń zobaczył, że Rudzielec cofa się kilka kroków i kieruje berło w stronę wystawy. Mężczyzna wyszeptał coś. TRACH! Pancerna szyba pękła, rozlatując się na tysiąc kawałków. Zawył alarm w sklepie.

Rudzielec machnął berłem.

– Roko! Bierz go! – krzyknął. – Szybko!

Kruk wylądował na wystawie sklepu. Błyskawicznie porwał brylantowy zegarek i odfrunął, trzymając zdobycz w dziobie.

W tej chwili ze sklepu wyskoczył sprzedawca.

– Napad! – wrzasnął. – Kradną! Policja!!!

Rudzielec wycelował w niego berło.

– Stój i milcz! – rozkazał.

Sprzedawca zastygł, jakby ktoś go przykleił do chodnika. Zacisnął wargi i zamilkł.

Złodziej spokojnie się odwrócił i chciał odejść. Wtedy zobaczył Budynia.

Psiak stał kilka kroków od niego i patrzył niepewnie.

Rudzielec mruknął:

– Nie lubię, jak ktoś się na mnie gapi, kundlu! – Skierował berło w stronę psiaka i krzyknął: – Wynoś się! No już! Biegnij!

TRACH! Budyń poczuł, jakby go trafił niewidzialny pocisk! W głowie mu zawirowało i prawie zemdlał. A potem gwałtownie się odwrócił i pognał ulicą. Pędził jak szalony. Próbował się zatrzymać, ale nie mógł. Coś zmuszało go do biegu!

Kundelek dobiegł do skrzyżowania. Na przejściu zapaliło się czerwone światło, ale Budyń się nie zatrzymał. Wbiegł między jadące auta, które hamowały, wyjąc klaksonami. Psiak przebiegł jezdnię i pognał dalej. Ledwo widoczny we mgle, pędził kolejnymi ulicami. Nie potrafił się zatrzymać. Jego łapy poruszały się nieustannie, jak nogi zepsutego robota.

Przechodnie słyszeli we mgle rozpaczliwy krzyk:

– Ratunku! Zatrzymajcie moje łapy! Zatrzymajcie je! Pomóżcie mi!!!

Ale nikt nie pomógł kundelkowi. Nikt nie zatrzymał jego biednych łapek. Więc Budyń musiał pędzić, wciąż dalej i dalej.

W końcu dotarł do granicy miasta. Tutaj mgły już nie było. Kundelek zobaczył przed sobą autostradę. Wbiegł na nią przez dziurę w płocie i zaczął pędzić między autami. Samochody omijały go w ostatniej chwili. Wielkie tiry przejeżdżały ponad biegnącym psem.

– Zginę – jęczał przerażony Budyń. – Rozjadą mnie. Rozgniotą jak pustą puszkę! Muszę się zatrzymać!!!

Ale biedny psiak nie potrafił zatrzymać swych nóg. Gnał autostradą jak samochód z zepsutymi hamulcami.

Jakiś autobus minął kundelka dosłownie o włos. Jedna z pasażerek zauważyła biegnącego psa. Chwyciła telefon i zadzwoniła na policję.

Król wstał z tronu.

– Poddani! – zawołał. – Ukłońcie się władcy!

Wszyscy się ukłonili.

Król łaskawie pokiwał ręką i powiedział:

– A teraz władca chce być sam. Wracajcie do swych domów.

– Alik, znowu pomyliłeś tekst! – zawołał Nikodem zwany Trupkiem. – Masz mówić: „Idźcie do swych domów", a nie „wracajcie".

– Przecież to jest to samo – powiedział Alik. Ze złością zdjął koronę i zszedł ze sceny.

– Nie jest to samo! – burknął Trupek. – Tekst trzeba mówić dokładnie. A ty ciągle zapominasz roli!

– Trupek, jesteś głupi! – krzyknął Alik.

– Ty jesteś głupi!

– Przestańcie się kłócić! – powiedziała nauczycielka, pani Szulc (prywatnie mama Alika).

– Ale on ciągle zapomina tekstu! – zawołał Nikodem. – Przez niego przegramy.

– Gadasz tak, bo zazdrościsz, że gram króla, a ty klowna! – odgryzł się Alik.

– Nieprawda! – wrzasnął Nikodem.

– Prawda!

– Dosyć! – przerwała pani Szulc. – Posłuchajcie. Jeśli mamy wygrać festiwal, to nie możemy się kłócić. Musimy być jedną drużyną!

– I tak nie wygramy, bo jesteśmy beznadziejnymi aktorami – westchnęła Idalia, zdejmując koronę księżniczki.

– A ja uważam, że jesteście świetnymi aktorami – powiedziała nauczycielka. – Gracie naprawdę dobrze. Dlatego ogłaszam koniec próby generalnej. Możecie iść do domów.

Uczniowie z ulgą zdejmowali kostiumy. Od miesiąca codziennie mieli próby do przedstawienia *Wspaniały król*. Jutro miała być premiera. Na widowni usiądą wszyscy uczniowie ze szkoły. A także jurorzy, którzy wybierają najlepszy szkolny spektakl. Nagrodą dla zwycięzcy był wyjazd na festiwal do Londynu!

Wszyscy okropnie się denerwowali nadchodzącą premierą. Najbardziej Alik i Ida, którzy grali główne role.

– Ej! Uważajcie na stroje! – zawołała Gabi. – Nie rzucajcie ich byle gdzie. Schowajcie je do kartonu!

Gabi była odpowiedzialna za kostiumy. Sama je zaprojektowała i uszyła. Stroje były naprawdę niesamowite. Zwłaszcza suknia królowej i płaszcz króla.

Kuki wybrał muzykę do przedstawienia i obsługiwał nagłośnienie.

Światłem i dekoracją zajmował się Blubek.

– Proszę pani! – zawołał. – Musimy jeszcze raz pomalować zamek, bo farba poodpadała...

– Masz rację – powiedziała pani Szulc. – Kto zostanie z Blubkiem i pomoże malować?

– My! – zawołali jednocześnie Ida i Alik.

– My też – zgłosili się Kuki i Gabi.

– Dziękuję wam. Tutaj jest farba, pędzle są w wiadrze. Bierzcie się do pracy. Ja przygotuję trochę kanapek, żebyście nie umarli z głodu.

Nauczycielka poszła do stołówki. Blubek z Kukim złapali drabinę i ustawili obok zrobionego z tektury zamku.

– Kto maluje? – spytał Kuki.

– Ja! – zgłosiła się Ida, która lubiła malować.

– Nie! – zawołał Alik. – Ja pomaluję!

Szybko chwycił pędzel i puszkę z farbą. Wszedł na drabinę.

– Dlaczego ty masz malować? – zaprotestowała Ida. – Ja też chcę!

– Ty zepsujesz dekorację.

– Chyba sam zepsujesz! Umiem malować lepiej od ciebie.

Ida wspięła się na drabinę i zaczęła wyrywać Alikowi pędzel.

– Oddaj pędzel – powiedziała Idalia.

– Nie.

– Ja pierwsza powiedziałam, że chcę malować. Oddawaj!

– Nie!

– Przestańcie! – zawołała Gabi. – Ochlapiecie stroje farbą.

Drabina stała obok pudła z kostiumami.

– Oddaj go, słyszysz?! – krzyczała Ida. – Oddawaj!

Wyrwała Alikowi pędzel. W tym momencie drabina się zachwiała i TRACH! Przewróciła się!

Alik i Ida wrzasnęli i spadli na karton ze strojami. Za nimi poleciała puszka z farbą. Czarny płyn chlusnął na kostiumy.

Dzieci podniosły się ze sterty strojów. Były trochę brudne, poza tym nic im się nie stało. Za to kostiumy zostały całkowicie zalane farbą.

Podbiegli Kuki, Gabi i Blubek.

– Co wyście zrobili?! – zawołała Gabi.

Widok był okropny. Wszystkie kostiumy były czarne i lepkie od farby. Królewskie korony się zgniotły, a berło pękło.

– Stroje się zniszczyły – jęknęła Idalia.

– Nie „się zniszczyły", tylko wyście je zniszczyli! – krzyknęła Gabi. – Tak się przy nich napracowałam, a wy wszystko popsuliście!

– Może uda się je wyprać? – spytała nieśmiało Ida.

– Nie uda się! – wrzasnął Blubek. – To jest farba wodoodporna!

Patrzyli z przerażeniem na zniszczone kostiumy.

– Co teraz będzie? – szepnęła Ida.

– Trzeba odwołać przedstawienie – powiedział ponuro Kuki. – Przecież nie uszyjemy do jutra nowych strojów.

Usiedli bezradnie na scenie. Miesiąc ciężkiej pracy całej grupy poszedł na marne. Milczeli kompletnie załamani. Wreszcie Alik spytał:

– A może wypożyczymy gdzieś nowe kostiumy?

– Od kogo?! – zawołał Blubek. – Co? Zadzwonisz do królowej angielskiej, żeby dała nam berło?

– Są wypożyczalnie strojów…

Gabi wzruszyła ramionami.

– Bez sensu. Na pewno nie będą mieli odpowiednich rozmiarów.

– Chociaż sprawdźmy – poprosiła Idalia.

– No dobra – powiedział Kuki. – Blubek, zobacz, gdzie są jakieś wypożyczalnie.

Blubek niechętnie wyjął tablet i wpisał pytanie.

– Coś jest – mruknął. – Wypożyczalnia kostiumów KARNAVALO.

– Gdzie?

– Na ulicy Wilczej 13. Czynne do osiemnastej.

– Pojedźmy tam! – zawołała Ida.

– A pani Szulc? – spytała niepewnie Gabi. – Trzeba jej powiedzieć, co się stało.

– Lepiej nie mówmy – powiedział Alik. – Bo mama się strasznie zdenerwuje.

– Masz rację. Trzeba ukryć te zniszczone stroje – zdecydował Kuki. – Jak uda się pożyczyć nowe, to o wszystkim jej powiemy.

Schowali karton z kostiumami za dekoracją. Potem tylnymi schodami zeszli do holu i wybiegli ze szkoły. Wskoczyli na rowery i pojechali na ulicę Wilczą.

Budyń wciąż pędził autostradą. Przebiegł już wiele kilometrów i był potwornie zmęczony.

Czasem się przewracał z wyczerpania, ale zaraz się zrywał. Jakaś straszliwa siła kazała mu biec dalej. Jego nogi poruszały się nieustannie i nie było sposobu, by je zatrzymać.

Nagle kundelek usłyszał wycie syreny. Autostradą jechał policyjny radiowóz. Wyminął Budynia i zatrzymał się kilka metrów od niego.

Z auta wyskoczyły dwie policjantki. Trzymały sieć na metalowej obręczy. Zastąpiły kundelkowi drogę i zarzuciły na niego siatkę.

Budyń został uwięziony.

Policjantki podniosły miotającego się kundelka i ostrożnie umieściły go w klatce w radiowozie. Samochód ruszył.

Budyń w klatce nadal próbował biec. Przebierał łapami, naciskając głową na kratę.

Piątka rowerzystów wjechała w ulicę Wilczą. Była to ponura okolica. Z zaniedbanych domów odpadał tynk, a większość sklepów była nieczynna. Dzieci jechały ostrożnie, bo rowery podskakiwały na dziurawej jezdni.

Alik rozglądał się niepewnie.

– Gdzie jest numer 13?

Blubek zerknął na telefon, w którym miał włączoną nawigację.

– Trzynastka to jest tamten zielony dom – powiedział.

Wskazał budynek stojący na końcu ulicy. Na ścianie był krzywy szyld: WYPOŻYCZALNIA KOSTIUMÓW KARNAVALO.

Podjechali tam. Zostawili rowery oparte o zardzewiały płot i podeszli do drzwi. Za szybą wisiała tabliczka: ZAMKNIĘTE.

– No nie! – jęknęła Ida. – Zamknięte! Niepotrzebnie jechaliśmy.

– Przecież miało być czynne do szóstej! – złościł się Alik.

Nacisnął klamkę. Drzwi się uchyliły, skrzypiąc przeraźliwe.

– Jest otwarte!

Weszli do pomieszczenia pełnego szaf i metalowych wieszaków. Wisiały na nich kostiumy

Spider-Mana, Batmana, suknie balowe i setki innych strojów.

– Zobaczcie tamte maski! – Alik wskazał półkę, na której leżały gumowe głowy wampirów.

– Ohydne… – powiedziała Ida.

– I śmierdzi tu okropnie – mruknął Blubek.

Faktycznie, w wypożyczalni unosił się zapach pleśni i trucizny na mole. Nie było nikogo z obsługi.

– Halo! – zawołał Kuki. – Jest tu ktoś?! Chcemy pożyczyć kostiumy!

Nikt nie odpowiedział. Dzieci rozglądały się niepewnie, bo wypożyczalnia wyglądała ponuro, jak dekoracja z horroru.

– Zobaczcie, tam jest strój króla! – zawołała nagle Ida.

Podbiegła do wieszaka, na którym wisiały korona i złoty płaszcz. Zdjęła koronę i nałożyła na głowę Alika.

– Pasuje! Super wyglądasz!

Podeszła do nich Gabi.

– Nie ruszajcie niczego. Trzeba poczekać na obsługę, bo…

TRACH. Trzasnęły drzwi. Ktoś krzyknął:

– Co wy tu robicie?!

Dzieci odwróciły się gwałtownie. W wejściu stał mężczyzna z rudymi włosami. Odłożył na stół jakiś przedmiot i podbiegł do nich.

– Jak tu weszliście? – spytał rozzłoszczony.

– Drzwi były otwarte... – powiedział niepewnie Alik.

– Czego tu szukacie?!

– Chcemy pożyczyć kostiumy.

– Jakie kostiumy?

– Do szkolnego przedstawienia. Potrzebujemy stroju kró...

– Niczego wam nie pożyczę! – przerwał Rudzielec. – Wypożyczalnia jest nieczynna. Wynoście się stąd! No już!

– Nie jest pan zbyt miły dla klientów – zauważyła Gabi. – Chodźcie.

Dzieci ruszyły do drzwi. Nagle Alik zatrzymał się obok stołu. Leżało na nim berło, złota farba lśniła w mroku.

Demented Dummy

– Alik, chodź – szepnęła Ida.

Chłopiec się nie poruszył. Patrzył na berło jak zahipnotyzowany. Nagle wyciągnął rękę i chwycił je.

– Niech pan pożyczy chociaż to berło – poprosił.

– Zostaw!!! – wrzasnął Rudzielec.

Rzucił się w stronę Alika, ale zaraz się zatrzymał. Jego twarz złagodniała. Uśmiechnął się i powiedział potulnie:

– Chcesz pożyczyć berło? Dobrze! Oczywiście! Możesz je zabrać! Berło jest twoje.

Mężczyzna ukłonił się pokornie.

Dzieci patrzyły na niego zdumione. Alik, wciąż trzymając berło, zapytał:

– A kostiumy? Chcemy pożyczyć strój króla i…

– Dobrze! – zawołał Rudzielec. – Bierz wszystko, czego potrzebujesz.

– Naprawdę? – zdziwił się Alik. – Bo mówił pan, że…

– Możesz zabrać wszystko.

– A ile trzeba zapłacić?

– Nic nie płacisz – szepnął Rudzielec. – Nic…

Dzieci patrzyły na niego zaskoczone. W końcu Blubek mruknął:

– Bierzmy te stroje, zanim facet się rozmyśli.

Razem z Kukim podbiegli do wieszaka. Wybrali kostium króla i dwie rycerskie zbroje w małych rozmiarach. Gabi z Idą wzięły stroje księżniczki i klowna, a do tego kostium elfa i trzy suknie z cekinami.

– Na pewno nie musimy płacić? – upewniał się Alik.

– Nie! Nic nie płacisz. Nic! – zawołał właściciel wypożyczalni.

– Dziękujemy panu – powiedziała Idalia. – Oddamy wszystko w poniedziałek. Do widzenia.

Dzieci wyszły. Nie widziały, że Rudzielec patrzy na nie przez okno z wściekłością.

– Godzina... – jęczał. – Muszę zaczekać godzinę! Potem odnajdę te bachory! Dopadnę je i odbiorę im berło.

Mężczyzna wyjął z kieszeni brylantowy zegarek. Wpatrywał się we wskazówki, licząc szeptem upływające minuty.

Dzieci obładowane kostiumami wsiadły na rowery. Pojechały w stronę ulicy Kasztanowej.

Kilka minut po ich odjeździe z drugiej strony ulicy nadjechało szare bmw. Zatrzymało się obok wypożyczalni kostiumów.

Powoli opuściła się ciemna szyba i wyjrzał kierowca. Patrzył uważnie na zielony budynek.

– Idziemy – szepnął.

Dwaj mężczyźni w czarnych płaszczach wyszli z auta i ruszyli do drzwi wypożyczalni. Jeden z nich niósł metalową walizkę.

Rudzielec siedział na krześle i wpatrywał się w tarczę zegarka. Zdawało mu się, że wskazówki stoją w miejscu.

– Szybciej… – szeptał. – Szybciej!

Nagle w głębi wypożyczalni rozległ się cichy szelest. Coś zatrzeszczało. Kruk siedzący na lampie zakrakał ostrzegawczo.

TRACH! Na głowę Rudzielca spadł gruby worek, tłumiąc jego krzyk. Ktoś błyskawicznie związał mu ręce. Skrępowano też jego nogi. Rudzielec bezskutecznie miotał się i szarpał.

Po chwili zdjęto mu worek z głowy. Zobaczył przed sobą mężczyznę w czarnym płaszczu. Za nim stał drugi.

– Kim jesteście? – jęknął Rudzielec. – Czego ode mnie chcecie?

– Gdzie to jest? – zapytał jeden z napastników.

– Co?

– Dobrze wiesz! Mów, gdzie ono jest?!

Rudzielec milczał. Patrzył z przerażeniem na napastników.

Mężczyzna w czarnym płaszczu pochylił się nad nim.

– Powiedz, gdzie jest berło? – syknął. – Drewniane berło. Wiemy, że je masz.

– Berło?

– Gdzie ono jest?

Napastnik zacisnął dłoń na karku Rudzielca.

– Gdzie jest berło? Mów!

– Nie mam go – jęknął Rudzielec.

– Kłamiesz, draniu!

Mężczyzna złapał klucz wiszący na szyi Rudzielca. Zerwał go i podszedł do metalowej szafy. Włożył klucz do zamka, przekręcił i szarpnął drzwi. Wysypała się lawina złotych zegarków. Poza nimi w szafie niczego nie było.

– Gdzie jest berło?! Co z nim zrobiłeś?!

Alik jechał na rowerze, ściskając kierownicę jedną ręką. W drugiej trzymał berło. Za nim jechali Ida, Kuki, Gabi i Blubek. Kostiumy wisiały na bagażnikach i ramach rowerów.

– Ten facet z wypożyczalni był dziwny – powiedział Kuki.

– Fakt – mruknął Blubek. – Jakiś pokręcony gość. Ciekawe, czemu tak nagle zmienił zdanie i pożyczył nam te stroje?

– Nieważne! – zawołała Idalia. – Grunt, że mamy fajne kostiumy. I w dodatku za darmo! Berło też jest super, prawda, Alik?

Chłopiec nie odpowiedział. Nie odzywał się, od kiedy wyszli z wypożyczalni.

– Alik, daj to berło! – powiedział Kuki. – Chcę je obejrzeć.

– Nie! – krzyknął chłopak. – Nie oddam go!

Wszyscy spojrzeli na niego zdziwieni.

– O co ci chodzi? – spytał Kuki.

Alik wyglądał jakoś dziwnie. Siedział na rowerze sztywno wyprostowany, był blady i nie patrzył na nikogo. Nagle gwałtownie przyspieszył i popędził ulicą, zostawiając przyjaciół.

– Ej! Alik, dokąd jedziesz?! – zawołała Ida.

Chłopak nie odpowiedział. Zniknął za zakrętem.

– Co mu się stało? – zdziwiła się Gabi.

– Może się obraził? – powiedział niepewnie Kuki.

– Obraził się? O co?

– Nie wiem.

– Dziwne... – szepnęła Idalia.

Czekali kilka minut na powrót Alika. Jednak chłopak się nie pojawił. W końcu Kuki spytał:

– Co zrobimy z tymi kostiumami?

– Wezmę je do domu – zdecydowała Gabi. – Sprawdzę, czy nie trzeba ich wyprasować albo przyszyć jakiegoś guzika. Jutro zaniesiemy je z Idą do szkoły. Wtedy powiemy wszystkim, co się stało.

– A jak się nie zgodzą grać w nowych kostiumach? – spytał Kuki.

– Chyba nie będą mieli innego wyjścia.

– No to do jutra!

– Cześć!

Pojechali do domów.

Ida obejrzała się jeszcze, patrząc na ciemną ulicę, w której zniknął Alik. Poczuła niepokój, prawie strach…

Alik pędził na rowerze ulicą Kasztanową. Czuł się dziwnie. Ręka, w której trzymał berło, bolała go, jakby ściskał rozgrzane żelazo. Kręciło mu się w głowie. Kilka razy omal się nie przewrócił razem z rowerem. Wreszcie dotarł do szkoły.

Alik mieszkał w szkolnym budynku, bo jego mama była nauczycielką i miała tu służbowe mieszkanie. Chłopak zostawił rower przed bramą i zaczął się wspinać po krętych schodach. Ściany wirowały mu przed oczami. Z trudem się wdrapał na ostatnie piętro. Otworzył kluczem drzwi.

W mieszkaniu było ciemno, widocznie mama jeszcze nie wróciła. Alik powlókł się do kuchni i osunął się na krzesło. Berło parzyło w dłoń, ale nie był w stanie go odłożyć. Jakaś tajemna siła kazała mu je trzymać. W końcu ze straszliwym wysiłkiem Alik rozchylił palce i rzucił berło na stół.

Zawroty głowy natychmiast ustąpiły.

Chłopiec podbiegł do kranu. Nalał wody do szklanki i wypił jednym haustem. Oddychał ciężko, jak po długim biegu.

– Co to było? – szepnął. – Co się ze mną działo?

Spojrzał na berło. Świeciło w mroku i lekko się poruszało. Jakby kusiło, by znowu je chwycić…

Alik z trudem odwrócił wzrok. Prawa ręka piekła go jak po dotknięciu pokrzywy. Zobaczył, że ma na dłoni złote plamy. „Chyba od farby, którą pomalowane jest berło…" – pomyślał. Spróbował wytrzeć plamy. Bez skutku. Ślady złotej farby nie dawały się usunąć.

Poszedł do swojego pokoju i położył się na łóżku. Leżał w ciemności, na mając siły, by zapalić światło. Próbował zrozumieć, co się z nim dzieje, ale nie mógł się skupić. Jego głowę wypełniała tylko jedna myśl: berło! Chciał pobiec do kuchni i znów je chwycić! Z trudem się powstrzymywał, żeby tego nie zrobić.

W komisariacie policji autostradowej stała na podłodze klatka. Był w niej zamknięty Budyń.

Dwie funkcjonariuszki gapiły się na niego, bo kundelek nieustannie przebierał łapami. Próbował biec, napierając głową na metalową kratę.

– Co się dzieje z tym psiakiem? – mruknęła policjantka.

– Może ma wściekliznę? – zaniepokoiła się druga.

– Albo zwariował. Psy też mogą zwariować!

Otworzyły się drzwi. Weszła kobieta w białym fartuchu. Policjantki podbiegły do niej.

– Dobrze, że pani doktor wreszcie przyjechała! Mamy tu zwariowanego psa!

– A co się z nim dzieje?

– Jest okropnie pobudzony. Wciąż próbuje biec.

– Dam mu zastrzyk uspokajający. Potem go zbadam i…

W tej chwili coś błysnęło i kundelek nagle przestał poruszać łapami. Znieruchomiał.

Czas działania magicznego rozkazu minął. Wpółżywy ze zmęczenia psiak osunął się na podłogę klatki i dyszał ciężko.

Policjantki i lekarka patrzyły na niego niepewnie.

– Chyba mu przeszło – zdziwiła się policjantka.

– Na wszelki wypadek dam mu ten zastrzyk – powiedziała lekarka i założyła gumowe rękawice. Wyjęła z metalowej kasetki strzykawkę. – Proszę otworzyć kojec.

Policjantka ostrożnie uchyliła drzwi klatki. Lekarka uklękła i wsunęła do środka rękę ze strzykawką. Kundelek łypnął na nią.

– Nie chcę zastrzyku! – zawołał. – Nienawidzę zastrzyków!

Budyń ze zmęczenia zapomniał, że nie może się odzywać przy obcych!

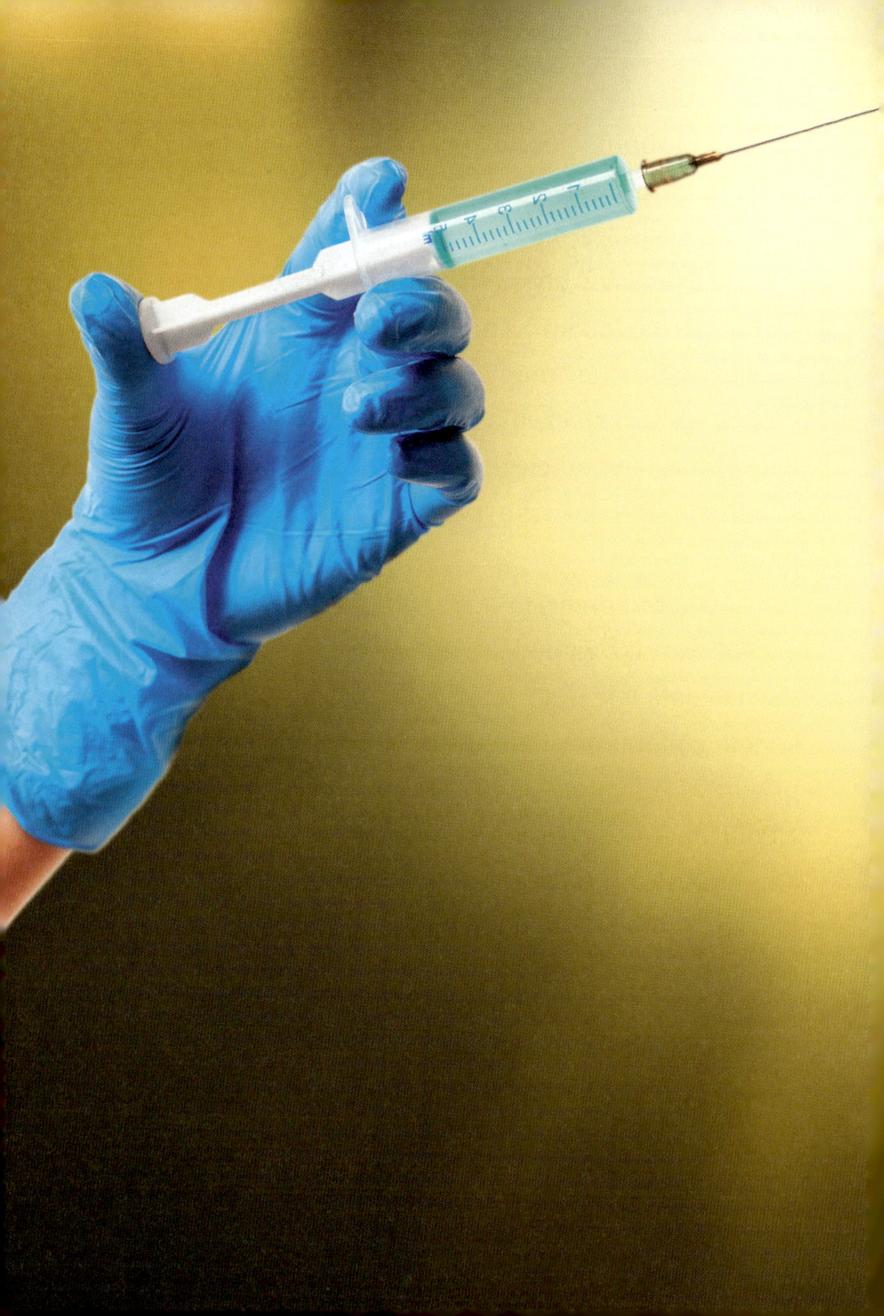

Lekarka i policjantki zerwały się. Patrzyły osłupiałe na gadającego psa. Niemal zemdlały z wrażenia.

– Naprawdę nie lubię zastrzyków – powtórzył kundelek. – Poza tym czuję się już nieźle. Tylko łapy mnie bolą!

Budyń wyszedł z trudem z klatki i poczłapał do wyjścia. Zmęczone nogi uginały się pod nim. W drzwiach pies się odwrócił i powiedział uprzejmie:

– Do widzenia.

Policjantki i lekarka stały jak sparaliżowane. Patrzyły na odchodzącego kundelka jak na kosmitę.

Przed posterunkiem Budyń rozejrzał się. Sto metrów dalej była stacja benzynowa. Kundelek podreptał w jej kierunku. Przy każdym kroku pojękiwał, bo łapy bolały go okropnie. W końcu doczłapał do stacji i ukrył się za budynkiem myjni. Nogi ugięły się pod nim i musiał się położyć. Był straszliwie zmęczony.

Zapadał już zmrok i na stacji zapaliły się latarnie. Budyń nie miał pojęcia, jak wrócić do domu.

Alik leżał na łóżku w zupełnej ciemności. Wciąż myślał o berle. Czuł, że to niebezpieczny przedmiot, że nie powinien się do niego zbliżać. Jednak pragnienie, by znowu je chwycić, było silniejsze. Nie potrafił się tej pokusie oprzeć…

Chłopiec zerwał się i pobiegł do kuchni.

Berło leżało na stole, świecąc w mroku. Na widok Alika drgnęło i potoczyło się w jego stronę. Chłopiec powoli wysunął rękę. Już miał chwycić berło, kiedy stuknęły drzwi.

Wróciła mama Alika. Weszła do kuchni.

Chłopiec oprzytomniał. Cofnął rękę i powiedział:

– Cześć, mamo.

– Alik, czemu siedzisz po ciemku? – spytała zdziwiona mama. Włączyła światło. – Powiedz, dlaczego wszyscy poszliście? Musiałam sama malować dekorację!

Alik milczał. Mama zerknęła na stół i zobaczyła berło.

– Co to jest?

– Berło. Pożyczyliśmy je do naszego przedstawienia.

– Po co? – zdziwiła się mama. – Przecież mamy berło.

– To... To jest lepsze. – Alik nie chciał na razie zdradzić, że stroje się zniszczyły.

– Skąd macie to berło?

– Z wypożyczalni kostiumów – powiedział Alik. – Dostaliśmy je za darmo. Tylko uważaj, bo ono brudzi.

Mama wzięła ręcznik i przez niego chwyciła berło. Obejrzała je uważnie.

– Ładnie wygląda. Jak prawdziwe... To dziwne, że dali wam coś takiego za darmo. – Spojrzała na syna. – Alik, masz jakąś dziwną minę. Stało się coś?

– Nie.

– Jadłeś kolację?

– Nie jestem głodny.

– To kładź się do łóżka.

Gdy to powiedziała, Alik natychmiast się odwrócił i jak szalony popędził do swego pokoju. Wskoczył do łóżka.

Mama pomyślała, że jej syn się wygłupia. Pokręciła głową i położyła berło na stole.

Budyń leżał pod ławką na stacji benzynowej. Łapy wciąż bolały go okropnie. Na pewno nie dałby rady wrócić do domu. Nie przeszedłby chyba nawet stu kroków! Zresztą nie wiedział, w którą stronę iść. Był zagubionym kundelkiem i nie miał pojęcia, co robić.

Pracownica stacji benzynowej myła szyby w oknach. Zabrzęczał sygnał telefonu. Kobieta wyjęła z kieszeni komórkę. Usiadła na ławce, by odczytać wiadomość.

Psiak wysunął głowę spod ławki i przyglądał się jej. Kobieta wyglądała sympatycznie, więc postanowił poprosić ją o pomoc. Wiedział, że nie powinien się odzywać przy obcych, ale nie miał innego wyjścia.

– Przepraszam – powiedział.

Kobieta gwałtownie się odwróciła i spojrzała na psa.

– Niech pani nie myśli, że jestem kosmitą – kontynuował kundelek. – Po prostu jestem psem, który umie mówić. Czy może mi pani pożyczyć na chwilę telefon? Zgubiłem się i muszę zadzwonić do mojego szefa. Tylko krótka rozmowa!

Kobieta patrzyła osłupiała na gadającego psa. Komórka wysunęła się jej z ręki i spadła na ławkę. Nagle zerwała się i krzycząc z przerażenia, uciekła do budynku stacji. Zatrzasnęła za sobą drzwi.

Budyń westchnął. Większość ludzi, do których się odzywał, wpadała w panikę. Po prostu myśleli, że zwariowali albo że Budyń jest kosmitą. Na szczęście kobieta zostawiła na ławce telefon.

Kundelek chwycił komórkę w zęby i położył ją na ziemi. Zwykle nie używał smartfonu, bo przecież psy nie mają rąk. Ale rozróżniał cyfry i znał na pamięć numer telefonu Kukiego.

Psiak wysunął łapę, próbując wcelować pazurkiem w ikonę słuchawki. Udało się! Na ekranie pojawiła się klawiatura. Teraz Budyń musiał trafić we właściwe cyfry. Nie było to proste, bo znaki były zbyt małe dla psich łap. Szczególnie dla takich, które drżą ze zmęczenia.

Za pierwszym razem dodzwonił się do kina, za drugim do dentysty. Wreszcie przy trzeciej próbie udało mu się wybrać numer Kukiego.

W telefonie rozległ się sygnał. Drugi… trzeci…

– Odbierz, szefie! – szeptał błagalnie Budyń.

Niestety nikt nie odbierał telefonu. Kundelek przypomniał sobie, że Kuki wieczorem wyłącza komórkę, bo tak kazali mu rodzice.

Po chwili uruchomiła się automatyczna sekretarka: „TUTAJ KUKI. PO SYGNALE NAGRAJ WIADOMOŚĆ". PIK PIK.

Budyń zawołał:

– To ja! Budyń! Ratuj mnie, szefie! Zdarzyło się coś strasznego i musiałem biec… Przylećcie po mnie dra-kulą! Jestem na jakiejś stacji benzynowej. Nie wiem gdzie. Ta stacja jest zielona jak zgniła kiełbasa i…

PIK PIK. Czas nagrania się skończył.

All
Enter number or search by name
1
2
3
4
5
6
7
8
9
*
0
#

Budyń westchnął i odłożył telefon na ławkę. Teraz mógł już tylko czekać na ratunek. Pod warunkiem że Kuki odsłucha wiadomość i go odnajdzie.

Zmęczony psiak zwinął się w kłębek pod ławką i po chwili zasnął.

Dochodziła północ, a Kuki wciąż nie spał. Był zdenerwowany, bo Budyń nie wrócił do domu. Gdzie on jest? Co się z nim dzieje?

Kuki chciał włączyć telefon, żeby zadzwonić do Gabi i powiedzieć jej o zaginięciu Budynia. Ale pomyślał, że Gabi na pewno już śpi. W końcu postanowił, że zawiadomi przyjaciół rano i razem wyruszą na poszukiwania kundelka. Oczywiście jeśli Budyń do tego czasu się nie znajdzie.

Kuki nastawił budzik na godzinę siódmą i poszedł spać.

– Gdzie jest berło?! Powiesz wreszcie?! – syknął mężczyzna w czarnym płaszczu.

– Nie wiem – jęczał Rudzielec.

Był przywiązany do fotela. Niemal nie mógł się poruszyć.

– Gdzie jest berło?! Mów!!!

– Naprawdę nie wiem!

– Już sto razy słyszeliśmy to kłamstwo!

– Mówię prawdę – stękał Rudzielec. – Nie wiem, gdzie ono teraz jest. Jakieś dzieciaki je zabrały... Zabrały je...

– Dzieciaki zabrały berło? – Mężczyzna w czarnym płaszczu patrzył podejrzliwie. – Kłamiesz!

– Nie. Mówię prawdę! Jakieś dzieci je zabrały. Mówiły, że potrzebne im do szkolnego przedstawienia.

– Dlaczego im je dałeś?

– Ten smarkacz trzymał berło w ręku i wydał mi rozkaz... – szepnął Rudzielec.

– Gdzie znaleźć te dzieci?

– Nie wiem. Nie znam ich.

– Kłamiesz.

– Nie. Pamiętam tylko, że miały identyfikatory...

– Co?

– Identyfikatory z numerem szkoły. Chyba siedem. Szkoła numer siedem! Ale nie jestem pewny.

– Lepiej, żebyś się nie mylił, złodzieju zegarków. Rano pójdziemy do tej szkoły. Znajdziemy te dzieci. Jeśli skłamałeś i nie mają berła, wrócimy tu. Pożałujesz wtedy kłamstwa.

Napastnicy ruszyli do drzwi.

– Rozwiążcie mnie! – zawołał Rudzielec. – Błagam!

Mężczyźni w czarnych płaszczach nawet na niego nie spojrzeli. Wyszli. Po chwili szare bmw odjechało.

O siódmej rano Kukiego obudziło dzwonienie budzika. Natychmiast się zerwał.

– Budyń, wróciłeś?! – zawołał (psiak miał specjalną klapkę w drzwiach i mógł sam wejść do domu). – Budyń, jesteś?

Cisza. Kundelek nie odpowiedział. To znaczyło, że nie wrócił.

Kuki szybko się ubrał. W pośpiechu wypił szklankę mleka i włączył telefon. Zobaczył na ekranie napis „Masz wiadomość". Nacisnął ikonę. Po chwili usłyszał: „TO JA! BUDYŃ! RATUJ MNIE, SZEFIE!...".

Chłopak przycisnął słuchawkę do ucha. Kiedy odsłuchał całą wiadomość, zbladł. Budyń był w niebezpieczeństwie! Ale gdzie on jest? Co się z nim dzieje? Skąd wziął telefon?

Kuki spojrzał na ekran. NUMER NIEZNANY.

Szybko wysłał wiadomość do Gabi, Blubka, Idy i do Alika: „PRZYJDŹCIE DO MNIE. SZYBKO!!! ZARAZ!!!!!!".

Pierwszy zjawił się Blubek. Po chwili przybiegły Ida i Gabi. Brakowało tylko Alika.

Blubek ziewał.

– Kuki! Co jest grane? Czemu obudziłeś nas tak wcześnie?

– Słuchajcie! Coś złego stało się z Budyniem! Nie wrócił do domu. Dostałem wiadomość od niego.

– Od Budynia? – zdziwiła się Gabi. – Przecież on nie ma telefonu. W jaki sposób zadzwonił?

– Nie wiem... Nagrał wiadomość, że zdarzyło się coś strasznego i że mamy go ratować!

– Gdzie on jest? – pytała Ida.

– Na jakiejś stacji benzynowej!

– Ale gdzie?

– Nie mam pojęcia. Powiedział tylko, że ta stacja ma zielony kolor.

– To chyba BP! – zawołała Gabi. – One są zielone.

– Ale takich stacji są setki – szepnęła Ida. – Jak my go znajdziemy?

– Jest metoda, żeby zlokalizować, skąd ktoś dzwonił – powiedział Blubek. – To tajny sposób, ale ja go znam. Daj mi telefon.

Kuki podał mu komórkę. Blubek zaczął wpisywać ciąg cyfr.

– Już mam! Budyń dzwonił stąd.

Blubek pokazał ekran. Była na nim mapa z lokalizacją stacji benzynowej i namiary GPS.

– To prawie pięćdziesiąt kilometrów od miasta – zdziwiła się Gabi. – Skąd Budyń się tam wziął? A może...

– Nie gadajmy, tylko lećmy go ratować! – przerwał jej Kuki. – Chodź, Blubek.

– Polecimy dra-kulą?

– Tak.

– A przedstawienie? – zapytała Gabi.

– Jest o dwunastej. Mamy cztery godziny. Chyba zdążymy wrócić.

– A jak się spóźnicie? – spytała niepewnie Ida. – Kto będzie obsługiwać światło i dźwięk?

– Przecież musimy pomóc Budyniowi! – zawołał Kuki. – To jest ważniejsze.

– Polecę z wami – zdecydowała Gabi.

– Ja też! – zawołała Ida.

– Ty nie możesz – powiedziała Gabi.

– Dlaczego? – oburzyła się Idalia.

– Grasz w przedstawieniu główną rolę. Jeśli się spóźnimy, to bez nas sobie poradzą. A bez ciebie premiera się nie odbędzie. Musisz zostać. Poza tym trzeba zawieźć nowe stroje do szkoły.

– No tak – westchnęła Ida. – Zapomniałam o tym.

– Gabi, chodź! – zawołał Kuki.

Wybiegli z domu.

– Ida, pamiętaj o strojach! Musisz je zanieść do szkoły! – krzyknęła jeszcze Gabi.

Razem z Kukim i Blubkiem pobiegli do parku, żeby uruchomić tam dra-kulę.

Ida została przed bramą domu.

– Wyślijcie mi wiadomość, jak Budyń się znajdzie! – zawołała do odbiegających przyjaciół.

Rozejrzała się, czy nie widać gdzieś Alika, ale nie było go. Ciekawe, czemu nie przyszedł na spotkanie… Może nie dostał wiadomości? Idalia wyjęła komórkę i zadzwoniła do Alika.

Nie odebrał telefonu.

O tak wczesnej porze w parku było zupełnie pusto. Tylko jakiś wielbiciel joggingu biegł alejką i po chwili zniknął za drzewami.

– Możemy odpalać dra-kulę – powiedział Kuki.

Blubek położył na trawniku niebieski krążek i nacisnął go. Pojazd zaczął się szybko powiększać. Po chwili dra-kula była gotowa do drogi.

Weszli do wnętrza. Kuki zatrzasnął właz.

– Ruszamy!

Blubek nacisnął starter. Silnik się uruchomił, ale zaraz się wyłączył. Dra-kula nawet nie drgnęła.

– Co się dzieje?! – zawołał Kuki.

– Nie wiem… – mruknął Blubek, niepewnie patrząc na ekrany. – Chyba brakuje energii.

Baterie dra-kuli czasem się rozładowywały. Wtedy trzeba było położyć pojazd na słońcu, żeby akumulatory napełniły się energią. Kuki często zapominał to zrobić.

Blubek ponownie nacisnął starter. Tym razem silnik zaczął pracować miarowo.

– Okej, działa. Lecimy!

Pociągnął joystick i dra-kula zaczęła się toczyć po trawniku. Po stu metrach poderwała się w górę i poszybowała nad miastem.

Dochodziła dziewiąta. Do przedstawienia zostały trzy godziny.

Szare bmw podjechało pod szkołę na ulicy Kasztanowej. W niedzielny poranek przed budynkiem nie było uczniów. Tylko woźna ustawiała przed wejściem wysoką drabinę.

Z auta wysiadł mężczyzna w czarnym płaszczu. Oczy miał ukryte za ciemnymi szkłami okularów.

Przyjrzał się uważnie tabliczce nad bramą: SZKOŁA PODSTAWOWA NUMER 7.

Podszedł do woźnej.

– Czy uczniowie grają tu przedstawienie? – zapytał. Mówił z dziwnym akcentem, ledwo można było go zrozumieć.

– Tak – powiedziała woźna. – Dziś będzie przedstawienie. Premiera. O dwunastej.

– A czy jest tam berło?

– Co?

– Czy w tym przedstawieniu mają berło?

Woźna spojrzała na przybysza podejrzliwie. W końcu mruknęła:

– Sztuka jest o królu, więc chyba będzie jakieś berło. A czemu pan mnie tak wypytuje?

Mężczyzna nie odpowiedział. Oglądał uważnie budynek szkoły, jakby starał się zapamiętać wszystkie szczegóły. Potem wrócił do samochodu.

Woźna obserwowała go nieufnie.

– Jakiś dziwny facet... – mruknęła.

Weszła na drabinę i zaczęła rozwijać kolorowy transparent z napisem: ZAPRASZAMY NA PREMIERĘ. Co chwila zerkała na bmw, które stało w cieniu drzew, sto metrów od szkoły.

– Jesteśmy na miejscu – powiedział Blubek.

Dra-kula unosiła się nad stacją benzynową BP. Jeśli tajny sposób namierzania komórek działał, to Budyń powinien tu być. A przynajmniej telefon, z którego dzwonił. Oczywiście z tej wysokości nie mogli psiaka dojrzeć.

– Mam wylądować? – spytał Blubek.

Kuki się zawahał.

– Tam są ludzie... Pomyślą, że przyleciało UFO, i wybuchnie panika.

– Możemy wylądować na parkingu za budynkiem – powiedziała Gabi. – Tam nikogo nie ma.

– Ale mogą być kamery – mruknął Blubek.

– Trudno, musimy zaryzykować – zdecydował Kuki.

Blubek pociągnął sterownik i dra-kula zaczęła szybko opadać. Po chwili wylądowali na parkingu dla tirów. Błyskawicznie wysiedli z pojazdu i zmniejszyli go. Wyglądało na to, że nikt nie zauważył ich przybycia.

– Gdzie może być Budyń? – zastanawiała się Gabi.

– Trzeba przeszukać teren – powiedział Kuki. – Chodźcie.

Zaczęli wędrować wokół stacji benzynowej. Zaglądali w każdy zakamarek. Nawet za dystrybutory paliw. Wołali:

– Budyń! Budyń!!!

– Jest tam! – krzyknęła nagle Gabi, wskazując na ławkę obok myjni. Budyń spał pod nią zwinięty w kłębek.

Kuki podbiegł i objął psiaka.

– Budyń!

Kundelek otworzył oczy.

– Szefie! – zawołał. – Jak to dobrze, że jesteś…

– Nic ci nie jest?

– Nie. Ale ledwo żyję – szepnął Budyń. – To było okropne! Straszne!!!

– Ale co?! Gadaj, co się stało?!

Idalia czekała w domu na powrót przyjaciół. Bardzo się denerwowała. Za dwie godziny zacznie się przedstawienie, a oni wciąż nie wracali.

Spojrzała na telefon. Nie było żadnej wiadomości.

Kuki, Gabi i Blubek siedzieli ukryci za budynkiem stacji benzynowej. Słuchali opowieści Budynia o Rudzielcu i o rozkazie, który zmusił kundelka do straszliwego biegu. Informacje były tak niesamowite, że kompletnie zapomnieli o przedstawieniu.

– Budyń, jesteś pewny, że to była magia? – spytał Kuki.

– Przecież inaczej nie gnałbym przez godzinę jak zwariowany! Prawie umarłem z wyczerpania!

– Czy ten Rudzielec miał jakiś przedmiot?

– Tak. Trzymał coś w ręce.

– Jak to wyglądało?

– Nie widziałem dokładnie, bo była mgła. Chyba było cienkie i długie… I okrągłe na końcu.

– Drewniane?

– Nie wiem. Miało złoty kolor.

– Poczekajcie – przerwał Blubek. – Sprawdzę coś. – Wpisał w Google'a pytanie i patrzył uważnie na ekran. – Zgadza się! – zawołał. – Wczoraj był napad na sklep z zegarkami. Złodziej miał rude włosy i berło w ręku. Piszą, że podobnych napadów było już wiele, w różnych miastach. Złodziej zawsze kradł zegarki i miał berło.

– Berło?! – zawołał Kuki.

– Tak piszą.

– A może to był on?!

– Kto?

– Ten rudy facet z wypożyczalni kostiumów.

– Też o nim pomyślałam – szepnęła Gabi.

– To oznacza – powiedział podekscytowany Kuki – że to berło ma magiczną moc!

Blubek pokręcił głową.

– Jeżeli berło jest magiczne, to czemu ten facet nam je oddał?

– Może niechcący zrobiliśmy jakiś czar?

– To możliwe…

– Słuchajcie, przecież to berło ma teraz Alik! – zawołała Gabi. – Za godzinę zaczyna się przedstawienie. Oni nie wiedzą, że berło ma magiczną moc. Mogą wywołać jakąś katastrofę!

– Lecimy do szkoły – pisnął Budyń. – Szybko!

Kuki powiększył dra-kulę. Wsiedli do niej i Blubek nacisnął START. Dra-kula nawet nie drgnęła. Blubek ponownie wcisnął starter, ale silnik się nie włączył. Pojazd stał nieruchomo.

– Nie polecimy – westchnął Blubek. – Baterie nie mają dość mocy.

– No nie! – jęknęła Gabi. – Przecież musimy zdążyć na spektakl!

– Blubek, wymyśl coś! – zawołał Kuki.

– Jest jeden sposób…

– Jaki?

– Możemy się toczyć.

– Toczyć?

– Zapomnieliście? Przecież dra-kula potrafi się toczyć – powiedział Blubek. – Do tego potrzeba mniej energii niż do latania. O wiele mniej!

Faktycznie. Dra-kula potrafiła się poruszać także po ziemi. Toczyła się wtedy jak piłka albo wykonywała długie skoki. Rzadko z tego korzystali, bo nie chcieli, żeby ktoś zobaczył ich pojazd.

– Dobra, spróbujmy – zdecydował Kuki.

Blubek włączył TRYB NAZIEMNY i nacisnął START. Silnik ruszył i dra-kula zaczęła się toczyć, najpierw powoli, potem coraz szybciej.

– Okej. Chyba damy radę. Kuki, czy mam wjechać na autostradę?

– W żadnym wypadku. Przecież wtedy wszyscy nas zobaczą! Jedź boczną drogą.

– Nie wiem, czy dra-kula ma dość energii, żeby przeskakiwać nad przeszkodami. Ale dobra, spróbujemy.

Blubek przesunął sterownik. Dra-kula wtoczyła się na polną drogę i lekko podskakując na nierównościach, ruszyła w stronę miasta.

Kuki spojrzał na zegarek. Była jedenasta. Spektakl miał się rozpocząć za godzinę. Co się stanie, jeśli Alik albo ktoś inny użyje berła? Spróbował zadzwonić do Idalii, ale nie było zasięgu.

O jedenastej do szkoły zaczęły się schodzić dzieci biorące udział w przedstawieniu. Alik i jego mama czekali już w auli. Wszyscy byli zdenerwowani zbliżającym się występem. Aktorzy powtarzali tekst albo robili rozgrzewkę jak piłkarze przed meczem. Tylko Alik stał nieruchomo z berłem w ręku.

Ida przyszła na końcu, bo do ostatniej chwili czekała na powrót przyjaciół. Niestety nie zjawili się. Nie wysłali też żadnej wiadomości ani nie odbierali telefonów. Ida włożyła kostiumy do wielkiego foliowego worka. Załadowała go na rower i pojechała do szkoły. Weszła do auli, z trudem dźwigając ciężki pakunek.

Wszyscy do niej podbiegli.

– Co ty przyniosłaś? – spytała pani Szulc.

Ida spojrzała niepewnie na nauczycielkę i dzieci. Potem zerknęła na Alika, licząc, że pomoże jej wytłumaczyć aferę z kostiumami. Ale chłopak stał w kącie z obojętną miną.

– Ida, o co chodzi? – pytała nauczycielka. – Stało się coś?

– Proszę pani, ja... i Alik chcemy powiedzieć wam coś ważnego.

– No, gadaj! – mruknął Nikodem.

– No więc... – westchnęła Ida – mamy mały problem. Będziemy musieli wystąpić w innych strojach.

– W innych strojach?! – zawołali wszyscy. – Dlaczego?!

– Bo my, to znaczy ja i Alik, zniszczyliśmy kostiumy.

– Co?! – krzyknęła nauczycielka. – Zniszczyliście nasze kostiumy?!

– Tak... Niechcący oblaliśmy je farbą. Ale nie denerwujcie się. Postaraliśmy się o nowe stroje! Są super, zobaczcie!

Idalia zaczęła wyjmować z worka kostiumy. Nauczycielka i dzieci patrzyli zdumieni, jak dziewczynka układa na scenie zbroje, suknie i płaszcze.

– To jest dla klowna, to dla generała... To dla rycerzy... A to dla królowej i króla... Prawda, że są super? – spytała nieśmiało.

– Chwileczkę, Ida! – zawołała nauczycielka. – Skąd wzięliście te stroje?

– Z wypożyczalni kostiumów. Są bardzo fajne, prawda? Chyba możemy w nich wystąpić...

Nikodem podszedł i z wyraźnym obrzydzeniem dotknął stroju klowna.

– Nie zgadzam się w tym grać – powiedział wyniośle. – Aktor musi się do kostiumu przyzwyczaić. To wymaga wielu prób. Poza tym ojciec nie pozwala mi nosić cudzych rzeczy, bo można złapać jakąś chorobę.

– Ja też nie chcę nowego stroju! – zawołała Zula z szóstej b. – Przyzwyczaiłam się do starego. Nie wiem, czy w nowym będę umiała tańczyć.

– Masz rację – westchnęła nauczycielka. – Ćwiczyliście w innych kostiumach. Nie można bez próby wystąpić w nowych strojach.

– To co zrobimy, proszę pani? – szepnęła Ida.

– No cóż... Skoro nie mamy kostiumów, musimy odwołać przedstawienie.

Zapadła cisza. Wszyscy stali z opuszczonymi głowami.

– Spróbujmy zagrać! – poprosiła Ida. – Tyle się napracowaliśmy. Co nam szkodzi spróbować?! Najwyżej się nie uda!

Dzieci milczały.

– Możemy zrobić głosowanie – powiedziała nauczycielka. – Kto jest za tym, żeby wystąpić w nowych strojach?

– Jestem przeciw – mruknął ponuro Nikodem.

– Ja też jestem przeciw – powiedziała Zula – bo ten strój jest za ciasny. Będę grubo wyglądać!

Inne dzieci również zaczęły wołać:

– Jestem na nie!

– Ja też!

– Ja też się nie zgadzam!

Nagle do głosujących podszedł Alik. Uniósł berło i powiedział:

– Król chce, żebyśmy zagrali przedstawienie.

TRACH! Dzieci podskoczyły, jakby coś je ukłuło. A potem wszystkie krzyknęły:

– Tak! Zgadzamy się!!! Chcemy wystąpić! Chcemy zagrać!!!

Pani Szulc patrzyła na dzieci zdumiona.

– Dość szybko zmieniacie zdanie – powiedziała. – Czy jesteście absolutnie pewni, że chcecie zagrać?

– Tak! Tak!!! Chcemy!!!

– No dobrze. Skoro wszyscy głosują za występem, to zgoda. Przebierzcie się w nowe stroje. A czy ktoś wie, co się dzieje z Kukim, Gabi i Blubkiem? Dlaczego ich jeszcze nie ma?

Nikt nie odpowiedział.

Dra-kula toczyła się polną drogą pełną zakrętów. Kiedy minęła kolejny, Budyń zawołał:

– A co to jest? Tam, przed nami.

– Chyba tory kolejowe – powiedział niepewnie Kuki.

Przed nimi był wysoki nasyp, po którym biegły tory kolejowe. Droga przechodziła tunelem pod nasypem. Niestety tunel był zbyt ciasny dla dra-kuli.

Pojazd dotoczył się do nasypu i zatrzymał przed wejściem do tunelu.

– Nie zmieścimy się – powiedział Blubek. – Nie ma szans. Utkniemy na sto procent.

– Przecież możemy zmniejszyć dra-kulę – powiedział Kuki. – Przejdziemy przez tunel i znowu ją powiększymy.

Blubek pokręcił głową.

– Jedziemy na rezerwie zasilania. Jak zmniejszymy dra-kulę, to raczej nie da się jej znowu powiększyć.

– Musimy coś zrobić! – zawołała Gabi. – Przedstawienie zaczyna się za piętnaście minut! Wymyśl coś!

– Możemy spróbować przeskoczyć nad nasypem – mruknął niepewnie Blubek. – Ale to jest ryzykowne.

– Spróbuj – powiedział Kuki.

– Jak skoczymy za nisko, spadniemy na tory.

– Weź duży rozpęd.

– Okej!

Blubek wycofał pojazd, a potem go rozpędził i kilka metrów przed nasypem gwałtownie pociągnął joystick.

TRACH! Dra-kula skoczyła w górę jak zawodnik na olimpiadzie.

Niestety skok był zbyt krótki. Zamiast przelecieć nad nasypem, dra-kula spadła na tory i zastygła w bezruchu. Blubek szarpał joystick, ale dra-kula nawet nie drgnęła. Pojazd stał na szynach jak dziwna lokomotywa.

– Blubek! Zeskocz stąd! – krzyczeli Kuki i Gabi. – Jak przyjedzie pociąg, to nas zmiażdży! Musimy się stąd wynosić!

– Nie ma zasilania – jęknął Blubek. – Baterie całkiem padły.

Sytuacja była potwornie niebezpieczna. Dra-kula stała na torach, nieruchoma i pozbawiona energii. Nie mieli szans, żeby stąd uciec. Nagle Budyń krzyknął:

– Pociąg jedzie!

Rzucili się do okna. W ich stronę pędził pociąg. Zbliżał się! Jeśli nie zdąży zahamować, uderzy w dra-kulę. Zmiażdży pojazd i pasażerów!

– Uciekajmy! – zawołała Gabi.

Skoczyli do drzwi. Kuki zaczął szarpać klamkę. Bez skutku. Właz nie chciał się otworzyć.

– Co się dzieje?!

– Drzwi mają elektryczny zamek – wyszeptał pobladły Blubek. – Bez prądu nie da się ich otworzyć.

– Pociąg się zbliża! – wrzeszczał Budyń.

6199

Pociąg pędził w ich stronę jak potwór na kołach. Maszynista zauważył przeszkodę i próbował hamować, lecz było już za późno.

– Uwaga!

TRACH!!! Lokomotywa uderzyła w dra-kulę.

Pojazd był zbudowany z elastycznej materii. Ściany zamortyzowały uderzenie. Jednak cios był tak silny, że dra-kula zaczęła się toczyć po torach.

Dzieci i kundelek spadli z foteli.

– Żyjecie?! – zawołał przerażony Kuki.

– Tak.

Wyjrzeli przez okno. Dra-kula toczyła się po szynach z olbrzymią prędkością. Hamulce nie działały, więc nie mogli jej zatrzymać.

Uderzenie lokomotywy było tak potężne, że pojazd mknął jak kula do kręgli rzucona ręką siłacza.

– Gdzie są Kuki, Gabi i Blubek?! – denerwowała się nauczycielka. – Czemu ich jeszcze nie ma?! – Pani Szulc podbiegła do Idy. – Wiesz, co się z nimi stało?

Idalia patrzyła na nauczycielkę niepewnie.

– Nie wiem – odpowiedziała.

Była to prawda, bo Ida nie miała pojęcia, co się dzieje z jej przyjaciółmi.

– Kto będzie puszczać muzykę i zmieniać światło, jeśli oni nie przyjdą? – zapytała Zula.

– No... Chyba ja – westchnęła pani Szulc. – Mam nadzieję, że sobie poradzę.

– Uważam, że to skandal, że się nie zjawili – powiedział oskarżycielsko Nikodem. – To lekceważenie obowiązków. Trzeba ich surowo ukarać. Obniżyć im stopień ze sprawowania albo usunąć...

– Teraz nie będziemy o tym rozmawiać – przerwała nauczycielka. Spojrzała na zegarek. – Zaczynamy przedstawienie za pięć minut. Zaraz będziemy wpuszczać widzów... Wejdźcie na scenę i stańcie na pozycjach.

Wszyscy aktorzy z wyjątkiem Alika weszli na scenę.

– Ej, Alik, nie śpij! – zawołała pani Szulc. – Co się z tobą dzieje? Usiądź na tronie!

Chłopiec powoli wszedł na scenę i siadł na fotelu.

Nauczycielka nacisnęła guzik na pulpicie i kurtyna powoli się zasunęła.

Aktorzy zostali sami na scenie. Czekali w milczeniu na gong, który oznaczał początek przedstawienia.

Ida zerknęła na Alika. Dotąd nie miała okazji z nim porozmawiać. Podeszła do niego.

– Alik – szepnęła. – Kuki i reszta szukają Budynia. Coś się z nim stało i polecieli go ratować. Nie wiem, dlaczego nie wrócili… Ej! Czy ty mnie słuchasz?

Chłopiec spojrzał na nią obojętnie i odwrócił głowę.

– Nie obchodzi cię to? – zdziwiła się Ida. – Co się z tobą dzieje?

Alik milczał. Ida zauważyła, że nie włożył królewskiego płaszcza. Miał tylko koronę na głowie.

– Nie włożyłeś kostiumu – szepnęła Ida. – Idź po niego, szybko… Daj mi to berło i biegnij!

Idalia chciała chwycić berło. Chłopiec gwałtownie odsunął rękę.

– Zostaw! – syknął. – Berło jest moje!

Ida spojrzała na niego zdumiona. Alik miał dziwny głos. Jakby to nie on mówił, tylko ktoś zupełnie obcy. W tej chwili pani Szulc wsunęła głowę za kurtynę i zawołała:

– Uwaga! Widzowie wchodzą na salę! Za minutę zaczynamy! Ida, stań na pozycji.

Idalia pobiegła do narożnika sceny.

– Trzymajcie się – szepnęła nauczycielka. – Będzie świetne przedstawienie! Zobaczycie!

Po chwili za kurtyną zabrzmiały liczne głosy. Ida wyjrzała przez szczelinę pod kotarą. Do auli wchodzili widzowie: dzieci i rodzice. Weszły też dwie panie w okularach, z zeszytami w rękach. Usiadły w pierwszym rzędzie.

„To są chyba te jurorki" – pomyślała Ida.

Woźna stała obok drzwi i wpuszczała widzów. Kiedy się zdawało, że wszyscy już weszli, w holu pojawiło się dwóch mężczyzn w czarnych płaszczach. Jeden miał okulary z bardzo ciemnymi szkłami. Woźna poznała dziwnego przybysza, który rano pytał o przedstawienie. Patrzyła podejrzliwie.

– Przepraszam... Czy panowie jesteście jurorami? – spytała.

– Tak – mruknął mężczyzna w okularach. – Jesteśmy jurorami.

Obaj minęli woźną i weszli do auli. Zajęli miejsca w ostatnim rzędzie.

Nauczycielka siedziała za dekoracją, obok pulpitu sterującego światłem i muzyką. Kiedy na widowni się uciszyło, uderzyła w gong. Potem nacisnęła guzik na pulpicie i kurtyna się rozsunęła. Zapaliły się reflektory, oświetlając Alika siedzącego na tronie. Na widowni rozległy się oklaski.

Mężczyźni w czarnych płaszczach wpatrywali się w berło. Potem wstali i powoli ruszyli w stronę sceny. Widzowie zerkali na nich zdziwieni.

Zabrzmiała muzyka. Idalia w stroju księżniczki podeszła do Alika i wydeklamowała:

– Królu, zbliża się wroga armia. Czy będziemy walczyć, czy też poddamy się wrogowi? Wszyscy czekają na twój rozkaz.

Zapadła cisza.

– Alik, teraz ty mówisz! – szepnęła zza dekoracji nauczycielka. – „Pokłońcie się królowi...” Mów!

Alik wyprostował się na tronie. Spojrzał na aktorów na scenie, a potem na widzów. Uniósł berło i zawołał:

– Pokłońcie się królowi!

TRACH! Ida poczuła się, jakby poraził ją prąd. Zakręciło jej się w głowie. A potem zaczęła się kłaniać, tak nisko, że włosami zamiatała podłogę. Inni aktorzy także kłaniali się Alikowi. Wszyscy widzowie wstali i też zaczęli bić pokłony! Wyglądało to niesamowicie. Setka ludzi kłaniała się chłopcu siedzącemu na scenie. Pochylali się i prostowali jak zepsute roboty.

Mężczyźni w czarnych płaszczach także się kłaniali. Twarze mieli wykrzywione złością.

– Wredny bachor! – szeptali z wściekłością. – Mały drań…

Kłaniając się, szli w stronę sceny. Zbliżali się do Alika.

Nauczycielka wychyliła się zza tekturowego zamku i ze zdumieniem patrzyła na kłaniających się ludzi. Nie rozumiała, co się dzieje. Czy to jakiś żart?

– Przestańcie się kłaniać! – szepnęła do aktorów. – Starczy już. Grajcie dalej!

Jednak wszyscy nadal się kłaniali.

Alik znów uniósł berło. Wypowiedział następną kwestię ze swej roli:

– Król chce przemyśleć wszystko w samotności. Wracajcie do domów. Rozkazuję wam! Wracajcie do swych domów!

TRACH! Wszyscy przestali się kłaniać. A potem rzucili się do drzwi! Tłocząc się i przepychając, widzowie wybiegli na korytarz. Pognali do wyjścia, jakby ciągnął ich niewidzialny magnes. Aktorzy także zeskoczyli ze sceny i popędzili do drzwi. Idalia pobiegła razem z nimi. Rozpaczliwie próbowała się zatrzymać, ale nie potrafiła.

Po chwili widzowie i aktorzy wybiegli ze szkoły. Na ulicy zatrzymali się na chwilę, rozglądając się niepewnie. A potem każdy ruszył do swego domu. Na końcu pomaszerowały dwie jurorki.

Mężczyźni w czarnych płaszczach także wybiegli z budynku. Wrzeszczeli z wściekłości. Łapali się płotu i latarni, bezskutecznie próbując się zatrzymać. Ale magiczny rozkaz był silniejszy. Podbiegli do szarego bmw. Wskoczyli do auta i odjechali z rykiem silnika.

W auli na scenie został samotny Alik.

Po chwili zza dekoracji wyszła nauczycielka. Była niewidoczna, gdy Alik wydał rozkaz, więc na nią czar nie podziałał. Patrzyła oszołomiona na pustą salę.

– Co się stało? – szepnęła. – Dlaczego wszyscy wyszli?

Alik zerknął na nią. Podniósł berło i powiedział cicho:

– Zapomnij o tym, mamo, i wracaj do domu.

Nauczycielka natychmiast się odwróciła i pobiegła do wyjścia.

Alik został sam.

Szare bmw pędziło autostradą, oddalając się od miasta. Mężczyźni w czarnych płaszczach krzyczeli ze złości. Chcieli zatrzymać samochód, ale nie mogli. Rozkaz kazał im wracać do domu, więc posłusznie jechali drogą na południe.

Ida, tak jak inni, uległa czarowi, który zmusił ją, by poszła do domu. Maszerowała ulicą jak zahipnotyzowana, niczego nie dostrzegając wokół siebie. Poruszała się jak zdalnie sterowany robot.

Kiedy dotarła do bramy swego domu, gwałtownie się zatrzymała. Rozkaz został wypełniony i czar przestał działać. Ida odzyskała władzę nad nogami.

Rozglądała się oszołomiona, jakby zbudziła się ze snu. „Co ja tu robię? Przecież powinnam być w szkole, grać w przedstawieniu! Uciekłam? Ale dlaczego to zrobiłam?"

Idalia powoli przypominała sobie, co się stało. Alik powiedział: „Wracajcie do domu", i zaraz wszyscy wybiegli. To wyglądało jak magiczny rozkaz! Ale skąd Alik ma taką moc?

Dziewczynka czuła, że dzieje się coś niebezpiecznego. Bardzo groźnego! Musi zaraz porozmawiać z Alikiem! Wyjęła telefon i zadzwoniła, lecz Alik nie odbierał.

Ida popędziła z powrotem do szkoły.

Dra-kula wciąż toczyła się po szynach. Tory opadały w dół i pojazd jeszcze przyspieszył. Pędzili naprawdę szybko. Bez prądu nie działały hamulce, więc nie można było dra-kuli zatrzymać ani z niej wysiąść. Dzieci i Budyń wpatrywali się z przerażeniem w okno. Za kolejnym zakrętem zobaczyli przejazd kolejowy. Szlabany były otwarte i przez tory przejeżdżały wielkie ciężarówki. Dra-kula gnała w ich stronę. Zaczęli wrzeszczeć:

– Znowu się zderzymy!

Dokładnie w tej chwili w dra-kuli zabrzmiał sygnał i rozbłysły ekrany.

– Jest energia!! – zawołał Blubek. – Znów mamy energię!

– Jakim cudem? – wyszeptał Kuki.

– Dra-kula ładuje baterie w czasie ruchu! Zapomniałem o tym!

Blubek pochylił się nad pulpitem sterowniczym.

– Spróbuję polecieć! – krzyknął. – Może dra-kula da radę się unieść.

Błyskawicznie wybrał na konsoli TRYB LOTU i włączył silnik. Motor zahuczał. Blubek pociągnął joystick do oporu. Pojazd potoczył się jeszcze szybciej, a potem podskoczył i wzniósł się w górę.

– Udało się!!!

Dra-kula przefrunęła nad ciężarówką przejeżdżającą przez tory i już nie opadła. Polecieli wyżej, między chmury. Blubek przesunął sterownik i skierował pojazd na zachód, w stronę miasta.

Idalia przybiegła do szkoły. Weszła do budynku i zaczęła szukać Alika. Najpierw sprawdziła, czy nie ma go w auli, ale było tam pusto. Zaczęła wędrować przez szkolne korytarze. Zaglądała do klas. Krzyczała:

– Alik! Alik, gdzie jesteś?!

Chłopca nigdzie nie było. Ida już chciała iść do mieszkania Alika, kiedy na ostatnim piętrze zauważyła otwarte wyjście na dach. Był to właz, przez który kominiarze wychodzili czyścić kominy. Prowadziła do niego drabina przytwierdzona do ściany. Klapa nad włazem była uniesiona i przez otwór było widać niebo.

Ida postanowiła wejść na dach. Nie wiedziała czemu, ale była prawie pewna, że Alik się tam ukrył.

Podbiegła do drabiny i zaczęła się wspinać. Po chwili wysunęła głowę z włazu. Zobaczyła setki jaskółek, które fruwały nad spadzistym czerwonym dachem. Ptaki miały tu swoje gniazda i były wyraźnie czymś zaniepokojone.

Idalia usłyszała jakiś szelest. Odwróciła się i ujrzała Alika. Siedział na kominie. Miał koronę na głowie i berło w ręku. Minę miał tak dziwną, że Ida ledwo mogła go poznać.

– Alik! – zawołała Ida.

Chłopiec odwrócił się i spojrzał na nią, ale się nie odezwał.

– Po co tu wszedłeś? – spytała Ida.

Alik milczał.

Ida wyszła na dach i ruszyła w stronę chłopca.

– Alik, dzieje się coś niebezpiecznego! – zawołała. – Muszę z tobą porozmawiać!

Chłopiec spojrzał na nią niechętnie:

– Król nie chce z nikim rozmawiać – mruknął.

– Zwariowałeś?! – zawołała Ida. – Ty nie jesteś żadnym królem!

– Jestem! – wrzasnął Alik. – Mam władzę! Mogę zrobić wszystko! Zobacz!

Uniósł berło i krzyknął:

– Niech pada deszcz!

Chmury natychmiast pociemniały i zaczął lać deszcz.

Idalia patrzyła na to oszołomiona. Alik miał władzę nad pogodą! „Chyba berło daje mu taką moc... To musi być magiczny przedmiot! Na pewno. Tylko dlaczego Alik tak dziwnie się zachowuje?"

Deszcz padał coraz mocniej. Ida naciągnęła kaptur i ruszyła w kierunku chłopca.

Alik patrzył na nią ze złością. Zawołał:

– Chcę…!

– Alik, nic nie mów! – przerwała mu Ida. – Bo stanie się coś złego! Odłóż to berło! Ono jest niebezpieczne. Oddaj mi je!

– Nie oddam go! Nigdy!

Skierował berło w stronę Idy. Dziewczynka błyskawicznie ukryła się za drugim kominem. Doskonale wiedziała, że magia działa na to, co jest widoczne. Skuliła się za osłoną, próbując wymyślić, co zrobić. Było jasne, że berło ma na Alika tajemny wpływ. Zmienia go w kogoś złego. „Muszę go uwolnić od działania czaru. Muszę mu odebrać berło. Ale jak?"

Ostrożnie wychyliła się zza komina. Zobaczyła, że Alik idzie w jej stronę. Deszcz wciąż padał, dachówki były mokre i chłopak się ślizgał. Omal nie zjechał z dachu. Rozzłoszczony, zatrzymał się i skierował berło w stronę jaskółek.

– Ptaki! – krzyknął. – Zaatakujcie ją! Król nie chce, żeby ona tu była. Atakujcie!

Stado jaskółek runęło na Idę. Ptaki zaatakowały dziewczynkę jak powietrzne piranie. Wściekle dziobały i drapały. Ida próbowała je odganiać, odpychała je. Czuła się okropnie, bo jaskółki były jej ulubionymi ptakami. Nie chciała ich skrzywdzić. Ale ptaki atakowały coraz mocniej. Ida miała już podrapane ręce i skaleczony policzek. Musiała uciekać.

Wyskoczyła zza komina i popędziła do włazu. Ptaki ją ścigały, dziobały po plecach i nogach. Kilka jaskółek szarpało jej włosy, a jedna ciągnęła za ucho. Idalia błyskawicznie zeszła po drabinie na korytarz. Lecz ptaki także tam pofrunęły.

Dziewczynka zaczęła uciekać. Ścigały ją setki ptaków. Ich przeraźliwe piski wypełniały szkołę.

Ida wskoczyła do toalety i zatrzasnęła drzwi. Słyszała, jak jaskółki uderzają w nie dziobami. TRACH! TRACH!

„Mam nadzieję, że nie rozwalą drzwi" – myślała przerażona.

Po chwili hałas ustał, zapadła cisza. Ida bała się wyjść, bo zaczarowane ptaki mogły się czaić na korytarzu. Nagle usłyszała brzęk. Obróciła głowę i zobaczyła, że ptaki są za oknem. Próbowały rozbić szybę! Łomotały w nią dziobami. TRZASK! Szkło pękło i rozsypało się. Kłębowisko ptaków wleciało do wnętrza. Dziewczynka błyskawicznie wybiegła z toalety i zatrzasnęła za sobą drzwi.

Na szczęście na korytarzu ptaków nie było.

Idalia zastanawiała się, co teraz zrobić. Usłyszała kroki.

Korytarzem szedł Alik z berłem w ręku.

Ida natychmiast wskoczyła do sąsiedniej klasy. Przez szparę w drzwiach obserwowała chłopca. Alik minął jej kryjówkę i zaczął schodzić po schodach. Idalia ostrożnie wysunęła się zza drzwi i zaczęła się za nim skradać.

W holu woźna myła podłogę. Zauważyła Alika.

– Co ty robisz w szkole? – zapytała. – Uciekaj do domu.

Alik krzyknął:

– Jak śmiesz, prostaczko, tak się odzywać do króla?!

– Co?! – Woźna spojrzała zdumiona na chłopca. – Coś ty powiedział?!

– Sprzątaj, aż mój pałac będzie lśnić jak brylant! – wrzasnął Alik, celując w nią berłem.

– Tak jest, królu! – zawołała woźna.

Złapała mop i zaczęła zmywać podłogę. Poruszała się błyskawicznie, jak na przyspieszonym filmie.

Alik nawet na nią nie spojrzał. Z dumnie uniesioną głową wyszedł ze szkoły.

Idalia podbiegła do drzwi i ostrożnie wyjrzała. Wściekłych jaskółek nie było nigdzie widać. Ruszyła za Alikiem.

Chłopiec szedł ulicą Kasztanową. Wyglądał dziwnie z koroną na głowie i berłem w ręku. Ludzie oglądali się za nim, ale na razie nikt go nie zaczepiał.

Ida skradała się za chłopcem, kryjąc się za drzewami.

Alik dotarł do skrzyżowania. Nad przejściem dla pieszych świeciło się czerwone światło, a jezdnią pędziły samochody. Alik skierował w ich stronę berło.

– Stać! – rozkazał.

Zapiszczały hamulce. Wszystkie samochody gwałtownie się zatrzymały.

Alik przeszedł po pasach i ruszył w stronę parku. Kierowcy nadal nie uruchamiali silników. Auta zamarły w bezruchu.

Idalia pobiegła za Alikiem. Wiedziała, że musi odebrać mu berło. To była jedyna szansa, żeby uwolnić go spod działania złego czaru. Trzeba to zrobić szybko, zanim Alik wywoła jakąś katastrofę! Jednak na razie nie mogła się do niego zbliżyć tak, by jej nie zauważył.

Alik szedł parkową aleją. Świeciło słońce i było mu gorąco. Spod korony ściekał pot.

Chłopiec zatrzymał się obok baru. Siedziało tu przy stolikach sporo ludzi, a kelnerzy roznosili napoje.

Alik wszedł do baru. Kiedy mijał go kelner, chłopak nagle wysunął rękę i zabrał z tacy szklankę z sokiem.

– Co robisz, smarkaczu?! – zawołał kelner. – Oddawaj to!

Alik uniósł szklankę i zaczął pić.

– Złodziej! – wrzasnął mężczyzna.

Przybiegli inni kelnerzy. Jeden złapał Alika za ramię. Drugi chciał mu wyrwać napój. Szklanka spadła na ziemię i rozbiła się z trzaskiem.

Rozzłoszczony chłopiec skierował berło w stronę kelnerów.

– Łotry! – zawołał. – Przeproście króla!

Kelnerzy na sekundę zastygli. A potem wszyscy uklękli przed Alikiem i zaczęli mówić:

– Przepraszam. Przepraszam! Przepraszam!!!

Ludzie siedzący w kawiarni patrzyli na to zdumieni. Inni śmiali się, przekonani, że to jakieś przedstawienie.

Kelnerzy wciąż klęczeli przed chłopcem, powtarzając błagalnie:

– Przepraszam! Przepraszam!

Alik spokojnie wyszedł z baru i powędrował dalej.

Ida chciała pobiec za nim, ale wtedy zobaczyła na niebie jakiś niebieski punkt, który powiększał się. Zbliżał...

– Dra-kula! – krzyknęła Ida.

Dziewczynka natychmiast chwyciła telefon i zadzwoniła.

– Gabi! Jestem w parku! Wylądujcie tutaj! Szybko!

Wbiegła na pusty trawnik i zaczęła machać. Blubek ją zauważył i po chwili dra-kula wylądowała obok Idy.

Wyskoczyli Kuki, Gabi i Blubek, a za nimi Budyń.

Ida podbiegła do nich. Krzyczała:

– Słuchajcie! Stało się coś strasznego!

Alik wszedł na Rynek. Minął ratusz i zatrzymał się obok pomnika jeźdźca na koniu. Był to król, który dawno temu wygrał tu bitwę. Do pomnika była przystawiona drabina i dwóch pracowników myło rzeźbę wielkimi szczotkami.

Alik przyjrzał się uważnie pomnikowi. Potem wycelował berło w ludzi stojących na drabinie.

– Zejść! – zawołał.

Robotnicy cisnęli na ziemię szczotki i błyskawicznie zsunęli się z drabiny.

Wtedy Alik sam wspiął się na pomnik. Wszedł na cokół i usiadł na mosiężnym koniu. Dumnie się wyprostował, patrząc z góry na ludzi spacerujących po Rynku.

Kuki klęczał nad oknem w podłodze dra-kuli i obserwował Alika przez lornetkę.

– Co on robi? – spytała Ida.

– Usiadł na koniu.

– Co?! Na jakim koniu?!

– Na pomniku króla. Wszedł tam i usiadł!

– Alik zwariował! – jęknęła Gabi.

Kiedy Idalia powiedziała przyjaciołom, co się stało z Alikiem, wskoczyli do dra-kuli i polecieli za nim. Śledząc go z góry, dotarli nad Rynek. Pojazd unosił się sto metrów nad pomnikiem.

– Będzie afera – szepnął Kuki. – Na pewno zaraz przyjedzie policja i go aresztują.

– To berło ma taką moc – pisnął Budyń – że Alik pokona wszystkich policjantów.

– Jak zaatakuje policję, będzie jeszcze większa afera – powiedział Blubek. – Pójdzie do poprawczaka!

– Musimy go ratować! – zawołała Ida.

– Ale jak?

– Trzeba mu zabrać berło! Wtedy przestanie szaleć.

– W jaki sposób mamy je zabrać? – spytał Kuki.

– Możemy podlecieć blisko i mu je wyrwać.

– To jest meganiebezpieczne! – zawołał Blubek. – Jak Alik nas zobaczy, rozkaże nam lecieć na biegun północny. Albo na Księżyc! W dodatku możemy go niechcący potrącić i spadnie.

– Ale musimy coś zrobić! – krzyknęła Idalia. – Musimy go ratować.

– Ja mam pomysł – powiedziała Gabi. Zanurkowała pod fotel i wyciągnęła spod niego długą czerwoną linę. – Czy ktoś umie rzucać lassem?

Zgłosiła się Ida.

– Ja potrafię. Kiedyś wygrałam zawody w rzucaniu lassem!

– No to zaczynamy akcję.

Alik siedział na pomniku i patrzył na Rynek. Wokół zgromadziło się mnóstwo gapiów. Wskazywali na Alika. Krzyczeli:

– Co ten dzieciak tam robi?!

– Jeszcze spadnie!

– Wygłupia się smarkacz.

– Łobuz!

– Zwariował!

– Trzeba policję wezwać!

Jacyś chińscy turyści pstrykali mu zdjęcia i wypytywali, czy to miejscowy zwyczaj, żeby wchodzić na pomniki.

Alik obojętnie patrzył na ludzi.

– Król się nudzi – mruknął i skierował berło w stronę gapiów. – Tańczcie! – zawołał. – Wszyscy tańczcie! Rozkazuję!

TRACH! Ludzie na Rynku podskoczyli, jakby ich użądliły osy. A potem wszyscy zaczęli tańczyć! Z ulicznego baru dobiegała muzyka i tłum skakał w jej rytmie. Ludzie tańczyli jak szaleni. Próbowali się zatrzymać. Chwytali się ławek i latarni, ale nie mogli przestać tańczyć.

Dra-kula powoli opadała. Kiedy była dziesięć metrów nad pomnikiem, Ida wychyliła się z otwartego włazu. W rękach trzymała linę z pętlą na końcu. Gabi złapała Idę w pasie, żeby nie wypadła.

Blubek wpatrywał się przez okno w Alika.

– Jak nas zauważy, będą problemy – mruknął.

– To schowaj głowę – szepnął Kuki.

– Dlaczego?

– Magia działa na to, co jest widoczne. Jak Alik cię nie zobaczy, to nie może ci kazać lecieć na Księżyc.

– Fakt.

Blubek skulił się.

Kuki zerknął na Idę.

– Poradzisz sobie z tym lassem?

– Chyba tak.

– Jesteśmy na wysokości ośmiu metrów – poinformował Blubek. – Czy mam zejść niżej?

– Tak, jeszcze trochę – poprosiła Ida. – Bo stąd nie trafię.

Blubek pociągnął joystick. Dra-kula opadła.

– Stop! – szepnął Kuki.

Pojazd zawisł pięć metrów ponad pomnikiem. Na szczęście Alik wciąż go nie dostrzegał. Patrzył w dół na tańczący tłum.

– Ida, gotowa? – spytał Kuki.

– Tak.

– Rzucaj!

Dziewczynka rzuciła lasso. Lina świsnęła i pętla spadła dokładnie na berło. Ida natychmiast pociągnęła sznur. Lasso się zacisnęło.

– W górę! – wrzasnął Kuki.

Blubek pchnął sterownik. Dra-kula błyskawicznie zaczęła się wznosić. Liczyli na to, że wyrwą zaskoczonemu Alikowi berło z ręki. Ale chłopak pofrunął razem z nim! Trzymał berło tak mocno, że uniósł się i kołysał pod dra-kulą jak akrobata na trapezie.

– Berło jest moje! – krzyczał Alik. – Moje! Nie oddam go!

Na szczęście korona zsunęła mu się na oczy i nie widział dra-kuli.

Idalia patrzyła na to z przerażeniem. Alik wisiał kilkadziesiąt metrów nad ziemią! Co będzie, jeśli berło wysunie się z lassa?

– On spadnie! – jęknęła. – Blubek! Ląduj!

Blubek skierował dra-kulę w stronę parku. Dolecieli tam po chwili i pojazd zaczął opadać na trawnik. Kiedy Alik był metr nad ziemią, berło wyślizgnęło się z pętli i chłopiec spadł na trawę. Wypuścił magiczny przedmiot, poturlał się po ziemi i zatrzymał pod krzakiem róży. Berło leżało kilka metrów od niego.

Dra-kula wylądowała. Wszyscy wyskoczyli z pojazdu i pognali do Alika.

Chłopiec leżał nieruchomo, twarzą do ziemi. Przerażona Ida uklękła obok niego.

– Alik!

Chłopiec drgnął. Potem powoli się odwrócił. Miał skaleczony policzek, a na dłoniach złote plamy.

Ida wyjęła chusteczkę i otarła krew z jego twarzy.

– Alik… Boli cię coś?

Chłopiec patrzył na nią półprzytomnie, jakby się zbudził ze snu.

– Nie – szepnął. – Nic mnie nie boli.

– Czemu to zrobiłeś?! – zawołał Kuki. – Po co wlazłeś na ten pomnik?

Alik spojrzał na niego, jakby nie rozumiał pytania.

– Nie wiem – szepnął. – Nic nie pamiętam…

Nagle zauważył berło leżące na trawie. Zerwał się gwałtownie. Patrzył na berło jak głodny na talerz jedzenia.

– Berło jest moje! – krzyknął i rzucił się w stronę magicznego przedmiotu.

– Trzymajcie go! – zawołała Ida.

Na szczęście Kuki zdążył zastąpić Alikowi drogę, a Budyń złapał go za nogawkę. Zaczęli się szamotać i przepychać. Podbiegli Blubek i Gabi. Chwycili Alika, który się szarpał jak szalony.

Za wszelką cenę chciał chwycić berło. Zaczęła się prawdziwa bijatyka. W końcu zdołali przewrócić Alika na trawę.

Ida złapała lasso i narzuciła je na ramiona chłopca. Zacisnęli pętlę.

Alik miał teraz unieruchomione ręce, lecz nadal się miotał. Próbował doczołgać się do berła.

Ida krzyknęła:

– Zasłońcie je czymś!

Kuki zarzucił na berło swoją bluzę. Gdy przedmiot przestał być widoczny, Alik natychmiast się uspokoił. Patrzył na przyjaciół, jakby nie pamiętał, co robił przed chwilą.

Wszyscy ciężko oddychali, zmęczeni szarpaniną z Alikiem.

– Słuchajcie, musimy się naradzić – wysapał Kuki. – Pójdziemy do mnie do domu.

– A co z Alikiem? – spytała Gabi. – Rozwiążemy go?

– Na razie lepiej nie.

– Biedny Alik – szepnęła Ida.

Zmniejszyli dra-kulę i ruszyli w stronę ulicy Weneckiej. Alik ze związanymi rękoma szedł obok Idy. Przechodnie zerkali zdziwieni, ale myśleli, że to jakaś dziecięca zabawa. Kuki niósł berło owinięte w bluzę.

Sto kilometrów od miasta pędziło szosą szare bmw. Na mężczyzn w czarnych płaszczach wciąż działał rozkaz, który kazał im wracać do domu. Kierowca prowadził samochód jak automat. Nie mógł się zatrzymać ani zawrócić. Pędził na południe.

Nagle coś błysnęło. Kierowca otworzył szerzej oczy. Nacisnął hamulec i auto gwałtownie się zatrzymało.

Czas działania czaru minął. Mężczyźni rozglądali się niepewnie, powoli przypominając sobie, co się stało.

– Wracamy!

Bmw zawróciło i pognało do miasta.

Czwórka dzieci usiadła na dywanie w pokoju Kukiego. Skrępowanego Alika posadzili w kącie pod oknem. Budyń usiadł obok niego i czujnie go obserwował. Berło owinięte bluzą położyli na biurku, daleko od Alika.

Kuki zaczął naradę.

– Sytuacja jest bardzo groźna – powiedział. – Mamy przedmiot o magicznej mocy, ale jest on niebezpieczny. W każdym razie na Alika podziałał jak trucizna. Możliwe, że każdy, kto ma z nim kontakt, zacznie wariować. My też!

– Najgorsze, że kompletnie nie wiemy, jak ten przedmiot działa – powiedział Blubek.

– Szkoda, że nie ma Korto – westchnęła Gabi. – On by nam wytłumaczył, o co chodzi.

Zerwała się Ida.

– Posłuchajcie! A może użyjemy tego berła... Spróbujemy rozkazać, żeby Korto znowu nam pomógł!

– Korto już nie istnieje – powiedział Blubek. – Jest zniszczony.

– Może po wpływem rozkazu zacznie działać?

– Jeśli berło wpływa tylko na ludzi, to się nie uda – powiedziała Gabi. – Przecież Korto był robotem.

– Ono nie działa tylko na ludzi! – zawołał Budyń. – Ja jestem psem, a biegłem na rozkaz jak zwariowany.

– Ono działa też na pogodę – dodała Ida. – Widziałam, jak Alik wywołał deszcz.

– Naprawdę uważacie, że uda się ożywić Korto? – spytał Blubek. – Kuki, co o tym myślisz?

– Możemy spróbować.

Kuki wstał i podszedł do półki z książkami. Zdjął czerwony karton, w którym przechowywał zniszczonego robota. Ostrożnie podniósł wieko. Wewnątrz był Korto, to znaczy to, co z niego zostało po walce z olbrzymami. Ciało robota było zmiażdżone, tylko jego głowę dawało się rozpoznać.

– Kto spróbuje wydać rozkaz? – spytał Kuki.

– Ja! – Idalia wstała i podeszła do berła owiniętego w bluzę Kukiego.

– Lepiej go nie odsłaniaj – szepnęła Gabi. – Bo Alik znowu zacznie wariować.

Ida zerknęła na Alika, który uważnie ją obserwował. Chwyciła zawiniątko z berłem. Skierowała je w stronę zniszczonego robota.

– Korto – szepnęła. – Chcemy, żebyś znowu nam pomógł. Żebyś nam wytłumaczył, jak to berło działa!

Wszyscy wpatrywali się w zmiażdżonego robota. Nawet nie drgnął. Światło odbijało się w resztkach nieruchomego metalowego ciała.

– Nie uda się – westchnął Blubek. – Korto już nigdy nie…

W tej chwili rozległ się cichy sygnał. PIK PIK. Oczy robota rozbłysły. Wystrzeliły z nich dwie laserowe smugi.

– Zobaczcie! – zawołała Ida.

– Cicho. Nie mówcie nic… – wyszeptał Kuki.

Czerwone smugi poruszały się w powietrzu, jakby coś rysowały. I nagle przed dziećmi pojawił się… Korto! Był zawieszony w powietrzu jak bańka mydlana. Ida podbiegła. Chciała pogłaskać robota, ale jej palce przeszły przez niego jak przez powietrze.

– Co to jest?

Podeszli pozostali i patrzyli na unoszący się w powietrzu obraz.

– To hologram – szepnął Blubek. – Korto wysłał swój hologram...

– Co to jest?

– Trójwymiarowy obraz. Wygląda jak prawdziwy, ale jest zrobiony ze światła.

W tej chwili usłyszeli szum i jakieś trzaski. Włączyły się głośniki stojące na biurku Kukiego. Usłyszeli głos Korto.

– Witam was. Chcieliście, żebym powrócił, lecz nawet potęga magicznego przedmiotu nie może tego sprawić. Bo możliwe jest tylko to, co jest możliwe. Moje ciało już nie istnieje. Ale wciąż istnieje moja wiedza. Więc choć nie mogę być przy was, mogę przesłać wam wiadomość. Mój hologram powie wam ważne rzeczy. Słuchajcie!

Wszyscy wpatrywali się w obraz Korto unoszący się w powietrzu. Wyglądał jak prawdziwy! Ida wciąż miała ochotę go dotknąć. Głos robota krążył wokół nich.

– Słuchajcie! – szeptał Korto. – Znaleźliście przedmiot o olbrzymiej mocy. Potężniejszy od tych, które mieliście przedtem. Lecz ten przedmiot ma w sobie tyle samo dobra co zła. Może być źródłem cudownych zdarzeń. Ale potrafi też wywołać zazdrość, kłótnie i walkę. Potrafi przyjaciół zmienić we wrogów. Dlatego nigdy nie chciałem, żebyście znaleźli to berło. Jednak trafiło do waszych rąk... Więc posłuchajcie, co zrobić, by uniknąć niebezpieczeństwa.

Dzieci podeszły bliżej do hologramu. Głos Korto znów zabrzmiał.

– To berło daje władzę każdemu, kto je posiada. Gdy je trzymasz, możesz rozkazywać ludziom, zwierzętom i roślinom. A nawet wiatrowi i chmurom. Lecz to nie wszystko. Możesz także wydawać rozkazy przedmiotom. Wszystkie rzeczy będą ci posłuszne i będą słuchać twych rozkazów. Lecz pamiętajcie, że władza berła nie jest absolutna. Możliwe jest tylko to, co jest możliwe.

– Co to znaczy?! – zawołała Ida.

– Rozkaz zostanie spełniony, gdy jest możliwy do spełnienia. Pies nie może zmienić się w kota, lecz będzie biec bez końca, gdy mu to rozkażesz.

– Wiem coś o tym! – pisnął Budyń.

– Samochód nie będzie fruwać, lecz na rozkaz pojedzie sam, bez kierowcy. Mogą zdarzyć się rzeczy niezwykłe i groźne. Bo w żywych istotach i w przedmiotach tkwią możliwości, których nikt się nie domyśla. Berło potrafi je wyzwolić.

– Nie rozumiem... – powiedział Kuki.

– Spójrz na puszkę farby. Może się zmienić w zwykłą plamę albo w piękny obraz. Wszystkie te możliwości są zawarte w farbie. Pióro może napisać coś głupiego albo cudowną opowieść. To zależy od was. Od tego, co rozkażesz. Szczególnie w dzieciach tkwią wielkie możliwości. Wiele z nich potrafi robić rzeczy niezwykłe. Potrafią być genialne... Niemal każde z nich... Dzieci nie wiedzą o tym, ale berło uruchomi ich możliwości. Wtedy mogą uczynić coś wspaniałego... Lub coś okropnego... Moc rozkazu trwa przez godzinę. Chyba że wcześniej zostanie spełniony. Lecz gdy powiesz, by czar trwał dłużej lub krócej, tak się stanie. Może trwać sekundę, rok albo nawet sto lat. A teraz powiem rzecz najważniejszą. Słuchajcie.

Dzieci pochyliły się nad hologramem, bo głos Korto stał się bardzo cichy.

– Tego przedmiotu nie wolno dotknąć gołą dłonią! Nigdy! Kto to uczyni, stanie się niewolnikiem berła. Ulegnie zatruciu i zawsze będzie pragnąć władzy, jaką berło daje. Będzie czynić wiele zła, aż w końcu zginie. Dlatego zawsze musicie zakładać rękawice, zanim chwycicie berło. Jeśli dotkniecie go gołymi dłońmi, macie tylko jeden dzień, by zmyć trujący ślad. Potem jad przeniknie w was i już nigdy nie uwolnicie się spod mocy berła.

Dzieci spojrzały niespokojnie na Alika, który siedział bez ruchu z zamkniętymi oczami.

– Tak… Berło jest niebezpieczne – szeptał Korto. – Potrafi zniszczyć przyjaźń, miłość i mądrość. Lecz daje też cudowne możliwości. Może zrobić wiele dobrych rzeczy…

Hologram Korto zadrżał w powietrzu.

– Musicie zdecydować, czy zniszczyć berło, czy je zachować. Musicie sami wybrać. Ale jeśli zatrzymacie berło, bądźcie ostrożni. Bardzo... Bo są na świecie źli ludzie, którzy pragną je zdobyć. Niebezpieczni ludzie... Straszni... Jeśli berło trafi w ich ręce, świat będzie zagrożony...

Głos Korto ucichł. Hologram zaczął blednąć. Po chwili zniknął zupełnie.

– Dzięki, Korto – szepnęła Idalia.

Dzieci patrzyły na siebie niepewnie.

– Co zrobimy? – spytał Blubek.

– Chyba powinniśmy spalić to berło – powiedziała cicho Gabi.

– Spalić?! – krzyknęli pozostali. – Dlaczego?

– Bo Korto mówił, że z jego powodu się pokłócimy.

– On zawsze nas straszył – mruknął Blubek.

– Nie mów tak! – zawołała Ida. – Korto zginął, żeby nas uratować. I zawsze nas chronił przed robieniem głupich rzeczy!

– Wiem.

Wstał Kuki.

– Posłuchajcie. Korto powiedział, że berło może robić rzeczy złe, ale też dobre. Więc uważam, że nie wolno go niszczyć. To jedyny magiczny przedmiot, jaki mamy. Ale musimy być ostrożni. Dlatego trzeba ustalić zasady.

– Jakie zasady? – spytała Ida.

– Korto powiedział, że będziemy się kłócić o berło. O to, kto ma je mieć. Więc przysięgnijmy, że zawsze będzie należeć do nas wszystkich. Nikt nie będzie próbował zdobyć berła tylko dla siebie. Przysięgacie?

– Tak. Przysięgamy – powiedzieli wszyscy z wyjątkiem Alika.

Spojrzeli na niego. Chłopak był nadal skrępowany lassem. Miał zamknięte oczy. Wyglądał, jakby spał.

– Zapomnieliśmy o Aliku! – zawołała Ida. – Przecież on dotykał berła. Trucizna na niego działa! Trzeba ją zmyć, zanim będzie za późno!

– Szybko!

Zabrali Alika do łazienki. Oblali mu ręce wodą. Tarli je szczotką i mydłem. Bez skutku. Złota farba wciąż była na jego dłoniach.

– Za późno – rozpaczała Ida. – Trucizna wżarła się w skórę.

– Przecież nie minął cały dzień – szepnął Kuki.

– Spokojnie! – zawołała Gabi. – Kuki, masz cytrynę?

– Chyba tak.

– Przynieś.

Kuki pobiegł do kuchni i przyniósł połówkę cytryny. Gabi wzięła ją i zaczęła nią trzeć dłonie Alika.

– To sposób mojej babci – powiedziała. – Cytryna czyści najgorsze plamy.

– Działa! – krzyknęła Ida. – Zobaczcie! Trucizna się zmywa!!!

Faktycznie, złote plamy znikały z dłoni Alika. Po chwili jego ręce stały się czyste. Wytarli je starannie papierowym ręcznikiem.

Wtedy Alik otworzył oczy i wyprostował się. Patrzył, jakby się zbudził ze snu.

– Jak się czujesz? – spytała Idalia.

– Dobrze… – Alik spojrzał na skrępowane ręce. – Co się stało? Czemu mnie związaliście?

– Bo robiłeś okropne rzeczy! – zawołał Blubek. – Nie pamiętasz?

– Nie…

Rozwiązali Alika i opowiedzieli mu, co się zdarzyło. Chłopiec słuchał tego oszołomiony. Potem, tak jak inni, złożył przysięgę.

– Okej. Teraz pójdziemy do miasta wypróbować berło – zdecydował Kuki. Sięgnął po nie.

– Szefie, nie dotykaj! – wrzasnął Budyń. – Załóż rękawiczki!

– Zapomniałem. Dzięki, Budyń.

Kuki wyjął z szafy rękawice i włożył je. Ostrożnie chwycił berło.

– Idziemy.

Kiedy wychodzili z domu, Alik podszedł do Idy i szepnął:

– Przepraszam cię…

– Za co? – spytała dziewczynka.

– No… Za to, że poszczułem cię tymi ptakami i w ogóle… Jesteś na mnie zła?

– Coś ty – powiedziała Ida. – Przecież to nie byłeś ty. To był zupełnie inny Alik…

Postanowili, że testy berła zrobią w centrum handlowym GLOBO.

Poszli na parking przed galerią i zastanawiali się, jaką zrobić pierwszą próbę. W końcu Kuki powiedział:

– Mam pomysł. Widzicie tych ludzi? – Wskazał dziewczynę i chłopaka siedzących na ławce. – Rozkażemy im, żeby się całowali.

– Też coś! – prychnęła Gabi. – Całowanie się na rozkaz jest głupie!

– Czemu? Przecież całowanie jest przyjemne.

– Skąd wiesz?

– Ja się zgadzam – zaśmiał się Blubek. – Kto jeszcze jest za?

– My! – Ida i Alik podnieśli ręce, a Budyń ogon.

– A ty, Gabi?

– No dobra. Zgadzam się.

Kuki skierował berło w stronę pary i szepnął:

– Całujcie się!

Chłopak i dziewczyna podskoczyli jak oparzeni. Objęli się i pocałowali. Raz, drugi, trzeci…

A potem zdarzyło się coś zdumiewającego. Bo całować zaczęli się wszyscy na placu! Chłopcy obejmowali dziewczyny. Dziewczyny całowały chłopaków. Te, co jeździły na rolkach, całowały każdego po drodze. Ktoś zaczął całować samochód. Ktoś inny objął latarnię i całował ją raz za razem.

– Wiedziałam, że będą problemy! – jęknęła Gabi. – Kuki, odwołaj to!

– Nie odwołuj – rechotał Blubek. – To jest śmieszne!

– Kuki! Przerwij to! – wołała Idalia. – Szybko!!!

– Dobra. – Kuki skierował berło na plac. – Przestańcie się całować – rozkazał.

TRACH. Dziewczyny i chłopacy odskoczyli od siebie. Rozglądali się niepewnie. Niektórzy wycierali szminkę z policzków. Inni, speszeni, pobiegli do domów. Parking opustoszał.

– Musimy uważać – westchnęła Gabi. – Czar działa na w s z y s t k o, co widać. Trzeba wypowiadać rozkazy bardzo dokładnie.

– I kierować berło na konkretną osobę – powiedział Kuki. – Bo inaczej będą kłopoty. Kto chce zrobić drugą próbę?

– Ja! – zawołała Idalia.

Założyła rękawice i wzięła berło.

– Co wymyśliłaś? – spytał Alik.

– Chcę sprawdzić, czy potrafimy dzięki berłu czegoś się nauczyć.

– Nauczyć?

– Tak. Na przykład, czy możemy opanować różne języki. Pamiętacie? Korto powiedział, że w dzieciach tkwią wielkie możliwości i mogą robić niezwykłe rzeczy. No więc zobaczymy, czy możemy w sekundę nauczyć się obcych języków. Chcecie spróbować?

– To fajny pomysł – powiedziała Gabi.

– Fakt! – potwierdził Blubek. – Nie trzeba by zasuwać na lekcjach.

– No to zaczynamy. Stańcie za mną.

Idalia odwróciła berło tak, by wskazywało ją i stojących za nią przyjaciół. Powiedziała uroczyście:

– Chcę, żebyśmy mówili w... w sześciu językach! Przez cały rok! Rozkazuję!

Każde z nich poczuło jakby łaskotanie wewnątrz głowy. Po sekundzie dziwne uczucie minęło.

Idalia opuściła berło.

– I co?

– Nie wiem – powiedział niepewnie Kuki. – Może spróbujmy porozmawiać w jakimś obcym języku.

– W jakim?

– No… Na przykład po włosku!

– Tutto bene – powiedziała Ida. – Come ti senti?

– Mi sento molto bene – odpowiedziała Gabi.

– Super! – zawołał Blubek – Parliamo italiano!

To było niesamowite. Naprawdę mówili po włosku!

Sprawdzili inne języki. Okazało się, że znają jeszcze francuski, hiszpański, a także chiński i angielski. I oczywiście polski! Nawet Budyń mówił w sześciu językach!

– Łał! Jesteśmy megazdolni! – zawołał Blubek.

– Nie my, tylko berło – zaśmiała się Gabi.

– Nieprawda! – zaprotestowała Ida. – Zapomnieliście, co powiedział Korto? Możliwe jest tylko to, co jest możliwe. Skoro udało się wykonać ten rozkaz, to znaczy, że mamy talent do języków. Po prostu włączyliśmy małe turbo…

– Kto robi następny test? – spytał Kuki.

– Ja! – zgłosiła się Gabi. – Mam fajny pomysł, ale trochę ryzykowny.

– Jaki?

– Chcę sprawdzić, czy można za pomocą berła zmienić wygląd człowieka.

– Dobra, spróbuj. Tylko ostrożnie.

Gabi założyła rękawice i wzięła berło. Skierowała je na grupę uczniów siedzących przed galerią.

– Niech im wyrosną długie włosy! Rozkazuję!

Przez chwilę nic się nie działo, a potem rozległ się przeraźliwy krzyk.

Wszystkim dzieciom siedzącym na ławce zaczęły rosnąć włosy! Wysuwały się ze skóry w ekspresowym tempie. Robiły się coraz dłuższe. Po chwili włosy sięgały dzieciom do pasa, potem do kolan i wciąż rosły. Co gorsza, chłopcom oprócz włosów rosły też brody i wąsy. Najbardziej niesamowicie wyglądał siedmioletni chłopczyk, któremu wyrosły gigantyczne wąsy i broda do kolan. Przypominał Świętego Mikołaja albo Gandalfa z filmu *Hobbit*.

Uczniowie zerwali się z ławki i popędzili do sklepowej wystawy, żeby zobaczyć swoje odbicia. Po drodze przydeptywali sobie włosy i brody, które wlekły się za nimi po chodniku. Kiedy siebie zobaczyli, zaczęli wrzeszczeć jeszcze głośniej. A włosy wciąż rosły! Zaczęły oplatać ściany galerii jak dziwne pnącza.

Przerażoną Gabi zamurowało. Potem podbiegła do uczniów, wycelowała w nich berło i krzyknęła:

– Niech ich włosy będą takie jak… Jak minutę temu.

TRACH. Włosy zaczęły się cofać. Wsuwały się z powrotem w skórę. Brody znikały. Po chwili dzieci wyglądały jak dawniej. Ale wciąż były blade i wystraszone. Wszystkie chwyciły telefony i zaczęły dzwonić, pewnie do rodziców.

Gabi szybko podniosła berło i szepnęła:

– Niech zapomną o tym, co się działo przez ostatnią minutę.

Uczniowie zaraz schowali telefony. Rozglądali się zdziwieni, ale wyraźnie się uspokoili. Zapomnieli o tym, co zdarzyło się przed chwilą.

Gabi odetchnęła z ulgą.

– O rany! To było niesamowite.

– Kto chce wykonać następny test? – spytał Kuki.

– Ja chciałbym spróbować – powiedział Alik.

Spojrzeli na niego trochę niepewnie, wciąż pamiętając, co wyprawiał rano.

– Dobra – powiedział Kuki. – Tylko załóż rękawice.

– Wiem.

Alik włożył rękawiczki i wziął berło.

– Co wymyśliłeś? – spytała Ida.

– Chcę sprawdzić, jak ono działa na przedmioty.

Alik skierował berło na wózki sklepowe stojące pod wiatą.

– Niech te wózki jadą! – rozkazał.

TRACH. Wózki sklepowe szarpnęły się i zerwały łańcuchy. Inne, pełne towarów, wyrwały się z rąk klientów. A potem wszystkie zaczęły jechać. Same! Setka wózków pędziła jak szalona po parkingu. Jedne krążyły w kółko, inne gnały prosto z szybkością gokartów. Wyglądało to niesamowicie. Jak dziwny taniec. Wózki zmieniały co chwila kierunek. Zderzały się ze sobą. Wywracały się, ale zaraz się podnosiły i jechały dalej. Nagle rozległ się krzyk. To jakaś mama goniła wózek, w którym siedział mały chłopczyk. Maluch śmiał się i machał rączkami. Mama biegła za nim, krzycząc: „Jasiu! Wracaj!”.

Wózek jechał w stronę ulicy, po której pędziły samochody. Alik błyskawicznie podniósł berło.

– Wózki, stop! Stójcie bez ruchu!

TRACH. Wózki stanęły w miejscu jak wmurowane. Kobieta dobiegła i przytuliła dziecko. Potem chwyciła rączkę wózka i chciała ruszyć w stronę sklepu. Ale „pojazd" stał nieruchomo, jakby ktoś go przybił do parkingu. Inne wózki także zastygły. Klienci próbowali je poruszyć – bez skutku.

Przybiegli ochroniarze. Szarpali i ciągnęli wózki. Nic to nie dało.

– Alik... Unieruchomiłeś je! – szepnęła Ida. – Musisz je odkleić!

– Ale co mam powiedzieć?

– Żeby jechały! – zawołał Blubek.

– Wtedy one znowu zaczną wariować.

– Fakt.

– Już wiem – powiedział Kuki. – Rozkaż, żeby one znowu m o g ł y jechać.

Alik szybko to powtórzył.

TRACH. Wózki podskoczyły. Gdy klienci spróbowali je popchnąć, ruszyły.

Dzieci odetchnęły z ulgą.

– Słuchajcie... – powiedziała Gabi. – Może dosyć już na dzisiaj tych eksperymentów?

– Nie zgadzam się! – zawołał Blubek. – Mam jeden super pomysł i chcę go wypróbować.

– Jaki pomysł?

– Wejdźmy do galerii. Tam wam wyjaśnię.

Kuki schował Budynia pod bluzę i weszli przez obrotowe drzwi do holu galerii.

Blubek założył rękawice i chwycił berło.

– Ej, Blubek, powiedz, co kombinujesz? – dopytywał się Kuki.

– Wy robiliście jakieś żarty – powiedział Blubek. – A ja chcę zrobić bardzo ważną próbę.

– Jaką?

– Sprawdzę, czy jakieś urządzenie może samo się zbudować.

– Samo zbudować? Z czego?

– Na przykład z klocków Lego. Chodźcie!

Powędrowali za Blubkiem do sklepu LEGOLAND.

Młody sprzedawca spytał:

– Jaki zestaw was interesuje? Szukacie czegoś konkretnego?

– Nie. Po prostu chcemy się rozejrzeć.

Blubek zaprowadził przyjaciół do następnego pokoju. Był tu stół, na którym leżała sterta klocków z serii LEGO Technic. Każdy mógł sobie zbudować, co chciał.

Blubek zerknął, czy sprzedawca na nich nie patrzy, i skierował berło na klocki.

– Złóżcie się w samochód! – rozkazał. – Taki, który jeździ szybciej niż auto Formuły 1.

Klocki drgnęły. Podskoczyły i zaczęły się przesuwać po blacie. Pełzały jak owady. Cały stół wyglądał jak wielkie mrowisko, pełne poruszających się plastikowych elementów.

A potem klocki zaczęły się składać. Same! Wskakiwały jedne na drugie i wciskały się z cichym klikaniem! Silniki i koła same montowały się we właściwych miejscach pojazdu. Baterie toczyły się po stole i wskakiwały na swe miejsca.

– Ale super – szepnął Blubek.

Na oczach dzieci sam się budował niezwykły pojazd. Miał kształt auta Formuły 1 i chyba dwadzieścia silników! Był większy od zwykłego modelu LEGO. Miał chyba metr długości. Po minucie wehikuł był gotowy. Wyglądał niesamowicie.

W tej chwili do pomieszczenia wszedł sprzedawca. Spojrzał na pojazd.

– Sami to zbudowaliście? – spytał zdumiony.

Nie zdążyli odpowiedzieć, bo pojazd nagle włączył światła. Zapiszczały elektryczne silniki i auto wystrzeliło do przodu jak rakieta. Zeskoczyło ze stołu i wylądowało na podłodze. Sprzedawca chciał je złapać, ale samochód wyrwał mu się z rąk i wyjechał ze sklepu.

Sprzedawca ruszył w pogoń. Dzieci pobiegły za nim.

Pojazd LEGO pędził z niesamowitą prędkością przez galerię handlową. Jechał chyba trzysta kilometrów na godzinę! Ludzie uskakiwali mu z drogi.

Samochód dojechał do końca galerii i wyrżnął w ścianę. TRACH! Konstrukcja rozsypała się. Sprzedawca dopadł do sterty klocków i zaczął je zbierać.

– Lepiej znikajmy stąd – powiedział Kuki.

Szybko uciekli na drugi koniec galerii i ukryli się za planszami reklamowymi.

– To było niesamowite! – mówił podekscytowany Blubek. – Rozumiecie, co to oznacza? Że możemy budować superkonstrukcje! Jeżeli wydamy właściwy rozkaz, możemy stworzyć każdy mechanizm, jaki chcemy. Nawet taki, który jeszcze nie istnieje na świecie.

– Z klocków Lego? – zapytał Kuki.

– Niekoniecznie. Możemy użyć innych komponentów.

– Możemy zrobić coś lepszego – powiedziała nagle Ida.

– Co?

– Rozkazać, żeby pióro napisało projekt genialnego wynalazku. Rozumiecie? Korto mówił, że atrament może zmienić się w plamę albo w coś genialnego.

– Albo rozkażemy komputerowi, żeby to napisał! – zawołał Alik. – Będziemy tworzyć superwynalazki. Na przykład nowe modele telefonów!

– Albo lekarstwa na wszystkie choroby – powiedziała Gabi.

– Albo pojazdy kosmiczne! – krzyknął Kuki.

– Dostaniemy Nagrodę Nobla!

– Super! – pisnął Budyń. – Będę pierwszym psem, który dostanie Nobla.

– I zarobimy masę forsy! – dodał Blubek.

– Ale nie dzisiaj – powiedziała Gabi. – Ja jestem już potwornie zmęczona. Chodźmy do domu.

– A Budyń? – spytała Ida. – On jeszcze niczego nie zrobił. To niesprawiedliwe.

– Budyń, masz ochotę na jakiś fajny rozkaz? – spytał Kuki.

– Nie, szefie. Bo powiem szczerze, ja nie lubię rozkazów. Kojarzą mi się z tresurą. A ja nienawidzę tresury.

– Życzenia nie muszą oznaczać tresury – zaprotestowała Ida.

– Pewnie tak – powiedział kundelek. – Ale ja na razie nie chcę używać berła. Może kiedyś, ale nie teraz.

– W takim razie kończymy eksperymenty – powiedział Kuki. – Uważam, że dowiedzieliśmy się już dużo o działaniu berła. Wracajmy do domu!

Szare bmw jechało powoli ulicą niedaleko galerii GLOBO. Mężczyźni w samochodzie rozglądali się uważnie. Od kilku godzin próbowali znaleźć dzieci, które zabrały berło. Najpierw pojechali do szkoły, ale tam było zupełnie pusto. Potem zaczęli krążyć po mieście. Nagle kierowca krzyknął:

– Widzę ich! Te dzieciaki na rowerach… To oni!

Wskazał na grupę rowerzystów, która jechała ścieżką równolegle do jezdni. Jedno z dzieci wiozło w koszyku psa.

Bmw dogoniło rowerzystów i jechało za nimi.

– Zobacz… – szepnął mężczyzna. – On ma berło. Ten chłopak w niebieskiej bluzie! Trzyma je…

– Zabieramy je!

– Tu jest za dużo ludzi. Poczekajmy, aż wjadą w jakieś puste miejsce…

Samochód jechał powoli za dziećmi. Mężczyźni w czarnych płaszczach obserwowali je uważnie. Po chwili rowerzyści skręcili w boczną uliczkę.

Bmw także tam wjechało. Ulica była opustoszała, nie było przechodniów ani innych samochodów.

– Teraz… – szepnął mężczyzna w aucie.

Samochód zaczął się zbliżać do dzieci.

W tej chwili Budyń jadący w koszu na bagażniku roweru zawołał:

– Szefie!

– Co? – spytał Kuki.

– Wydaje mi się, że ktoś nas śledzi.

– Śledzi nas? Kto?

– Ci faceci w samochodzie. Gapią się na nas.

Kuki i pozostali odwrócili się. Zobaczyli szare bmw jadące sto metrów za nimi. W środku siedzieli jacyś mężczyźni, prawie niewidoczni, bo szyby w aucie były przyciemnione.

– Jesteś pewny, że nas śledzą? – zapytał Alik.

– Raczej tak – pisnął kundelek. – Czuję ich zapach od dłuższego czasu.

– Może po prostu tędy jadą? – spytała niepewnie Ida.

– Zatrzymajmy się – zaproponował Blubek. – Zobaczymy, co oni zrobią.

Hamulce zapiszczały. Rowery się zatrzymały.

Bmw także stanęło, dziesięć metrów za rowerami. Zapadła cisza.

Dzieci niepewnie obserwowały samochód. Było to sportowe auto z masywnymi kołami i niemal czarnymi szybami. Sprawiało groźne wrażenie.

– Chyba naprawdę nas śledzą – powiedziała cicho Ida.

– Kuki... Weź berło i każ im spadać – szepnął Blubek.

– Albo niech robią przysiady przez godzinę! – zaproponował Alik.

– Albo niech uprawiają jogging! – pisnął Budyń.

– A jeżeli to są jacyś zwyczajni ludzie? – spytała Gabi.

– A jak nie są?

– Lepiej po prostu ucieknijmy – powiedział Kuki.

– Przed beemką nie zwiejemy na rowerach – mruknął Blubek.

– Chyba że im dodamy trochę mocy – powiedział Kuki. – Uwaga! Trzymajcie mocno kierownice.

Podniósł berło.

– Niech te rowery jadą super szybko! – rozkazał. – Ale niech się nie wywracają! – dodał.

TRACH! Rowery wystrzeliły do przodu jak sportowe motocykle. Jechały zupełnie same. Nie musieli pedałować. Unieśli nogi i mocno trzymali kierownice. Dzwonili przy tym jak szaleni, żeby ludzie zdążyli uskoczyć im z drogi.

Samochód natychmiast ruszył w pościg za dziećmi. Wielki silnik wył na najwyższych obrotach. Ale zaczarowane rowery jechały o wiele szybciej. Gnały jak odrzutowce. Jeszcze żaden rower na świecie nie jechał tak prędko. Bmw nie było w stanie ich dogonić. Zostało z tyłu i po chwili zatrzymało się.

Kierowca z wściekłością uderzył w kierownicę.

– Uciekli smarkacze!

– Znajdziemy ich.

– Jak?

– Rano pojedziemy pod szkołę i będziemy tam na nich czekać!

Kuki i reszta wciąż pędzili na rowerach. W minutę przejechali chyba przez pół miasta. Kiedy dotarli na ulicę Wenecką, Kuki wysunął berło i krzyknął:

– Rowery, stop!

Pojazdy zatrzymały się tak gwałtownie, że Kuki musiał przytrzymać kundelka, by nie wypadł z kosza. Wszyscy oddychali ciężko, bo jazda z szaloną prędkością była wyczerpująca.

Rozejrzeli się. Szarego bmw nie było nigdzie widać.

– Kto to mógł być? – zastanawiał się Kuki.

– Chyba jacyś złodzieje! – powiedziała Gabi. – Chcieli nam ukraść rowery!

– A ja myślę, że mamy obsesję – powiedział Blubek. – To było zwykłe auto. Niepotrzebnie zrobiliśmy aferę. Chodźmy do domu, bo jestem wykończony tą jazdą. Połknąłem chyba pięć much!

– A może to byli oni? – szepnął nagle Alik.

– Kto?

– Nie pamiętacie? Korto mówił, że źli ludzie będą próbowali zdobyć berło.

– To prawda – powiedział Kuki. – Korto ostrzegał, że ktoś groźny szuka tego przedmiotu. Że mogą nas napaść…

– Korto często straszył – mruknął Blubek.

– Ja myślę, że powinniśmy się zabezpieczyć – powiedział Alik.

– Masz jakiś pomysł? – spytała Ida.

– Tak – powiedział Alik. – Trzeba wydać rozkaz berłu.

– Berłu? Jak to?

– Trzeba wydać rozkaz, żeby berło spełniało tylko nasze rozkazy.

– To będzie działać tylko przez godzinę – powątpiewała Gabi.

– Nie, jeśli powiemy, żeby ten rozkaz działał zawsze.

– Kuki, co o tym myślisz? – spytał niepewnie Blubek.

– To dobry pomysł. Można spróbować.

– Ale jak to zrobić? – zastanawiała się Gabi. – Rozkaz działa na to, w co celujesz berłem. Jak wycelować berłem w berło? To niewykonalne.

Próbowali wymyślić jakieś rozwiązanie, ale nic im nie przychodziło do głowy. Nagle Ida zawołała:

– Już wiem! Możemy to zrobić w lustrze!

– W lustrze?

– No tak! Staniemy przed lustrem. I powiemy, żeby berło spełniało rozkazy tylko tych, których widać w lustrze.

– Zbyt skomplikowane – powątpiewał Blubek.

– A ja myślę – powiedział Kuki – że to dobry sposób.

– Skąd weźmiemy tu lustro?

– Tam jest. – Ida wskazała salon fryzjerski po drugiej stronie ulicy.

Podeszli tam. Na wystawie wisiało wielkie lustro. Stanęli tak, żeby w zwierciadle odbijała się cała ich piątka, a także Budyń, którego Ida wzięła na ręce.

Kuki uniósł berło i powiedział uroczyście:

– Berło! Rozkazuję ci, żebyś spełniało tylko życzenia tych, których widać w lustrze. Zawsze!

Błysnęło światło, a zwierciadło na wystawie zadrżało. Potem wszystko się uspokoiło.

– Zrobione! – powiedział Kuki. – Możemy iść do domu.

– A kto weźmie berło? – spytał Alik.

– Każdego dnia powinien mieć je ktoś inny – przypomniała Gabi.

– Czy ja mogę być pierwsza? – poprosiła Ida.

– No... Dobrze – powiedział z pewnym żalem Kuki. Włożył berło do plecaka Idy i wszyscy pojechali do domów.

Rankiem następnego dnia pod szkołę numer siedem podjechało szare bmw. Samochód ukrył się za lodziarnią. Kierowca wyjął z walizki małego drona. Zawarczał silnik. Dron uniósł się w powietrze. Podleciał do bramy szkoły i zawisł nad nią jak drapieżny ptak.

Na ekranie w samochodzie pojawił się obraz z kamery. Widać było szkołę i boisko.

Mężczyźni w czarnych płaszczach wpatrywali się w ekran. Czekali.

Idalia obudziła się o siódmej. Gabi jeszcze spała, ale Ida nie próbowała jej obudzić.

Miała pewien pomysł, który bardzo chciała wypróbować. Dlatego postanowiła pójść sama z berłem do miasta, zanim zaczną się lekcje. Oczywiście nie zamierzała robić niczego wbrew przysiędze. Po prostu chciała wykonać eksperyment, a potem opowiedzieć o nim przyjaciołom.

Zjadła szybko śniadanie, wzięła plecak z berłem i rękawicami i po cichu wymknęła się z domu.

Pomaszerowała ulicą Kasztanową. Kiedy mijała szkołę, pomyślała, że może lepiej, aby ktoś jej towarzyszył. Wysłała wiadomość do Alika.

Chłopak zjawił się po chwili, ziewając, bo było dość wcześnie.

– Co się dzieje? – spytał.

– Nic złego.

Ida założyła rękawice i ostrożnie wyjęła berło z plecaka.

– Czemu je zabrałaś? – zdziwił się Alik.

– Chcę zrobić mały eksperyment. Pomożesz mi?

– Dobra. A co planujesz?

– Coś fajnego. Chodź!

– A szkoła?

– Lekcje zaczynają się dziś o dziewiątej! Zdążymy wrócić.

Ida i Alik ruszyli w stronę Rynku. Nie usłyszeli cichego brzęczenia drona, który unosił się kilka metrów nad nimi.

Mężczyźni w samochodzie obserwowali dzieci na ekranie. Powiększyli obraz i zobaczyli berło w ręku Idy.

– Teraz nam się nie wymkną – syknął mężczyzna w czarnym płaszczu. – Jedziemy za nimi. Tylko powoli...

Szare bmw ruszyło za dziećmi.

Ida i Alik weszli na Rynek.

– Co właściwie chcesz zrobić? – spytał Alik.

– Wymyśliłam coś fajnego – powiedziała Ida. – Posłuchaj. Jeśli berło daje nam władzę, to powinniśmy być dobrymi władcami.

– Co to znaczy?

– To, że dzięki nam ludzie mogą być szczęśliwi.

Alik pokręcił głową.

– Nie można być szczęśliwym na rozkaz. Musi być jakiś powód. A każdy jest szczęśliwy z innego powodu. Na przykład kot się cieszy, kiedy zje mysz. A mysz się cieszy, jak kot jej nie zje. Nie da się uszczęśliwić wszystkich.

– Masz rację – zgodziła się Ida. – Ale człowiek kiedy jest szczęśliwy, to się uśmiecha. No więc chcę rozkazać, żeby wszyscy się śmiali. Wtedy poczują się szczęśliwi. Przecież jak oglądasz wesoły film, to się śmiejesz. I wtedy czujesz się fajnie.

– To prawda.

– Więc rozkażę, żeby wszyscy ludzie uśmiechali się do siebie przez godzinę. To na pewno jest dobre. Chodź.

Poprowadziła Alika do ratusza. Dron uporczywie leciał nad dziećmi.

Szare bmw zatrzymało się w uliczce obok Rynku. Na ekranie w samochodzie było widać Idę i Alika wchodzących do ratusza.

Mężczyźni w czarnych płaszczach wysiedli z auta. Wyciągnęli z bagażnika metalową walizkę. W środku było dziwne urządzenie. Wyglądało jak kusza używana na podwodnych polowaniach. Jeden z mężczyzn umieścił w kuszy stalową strzykawkę. Potem obaj ruszyli w stronę ratusza.

Dzieci weszły na taras widokowy na drugim piętrze. Widziały stąd cały Rynek. Mimo wczesnej pory było tam sporo ludzi, którzy spacerowali i robili zdjęcia.

Idalia stanęła przy balustradzie tarasu. Podniosła berło i powiedziała uroczyście:

– Chciałabym, żeby wszyscy ludzie się uśmie…

Nagle rozległ się świst. Ida krzyknęła i upadła. Berło potoczyło się po posadzce. Zdumiony Alik zawołał:

– Ida! Co ci jest?

Ukląkł obok przyjaciółki. Zobaczył, że z jej ramienia sterczy mała strzykawka.

W tej chwili rozległ się drugi świst. Alik jęknął i upadł obok Idy. W jego ramieniu także tkwiła strzykawka.

Na taras wbiegło dwóch mężczyzn w czarnych płaszczach. Mieli na rękach grube rękawice i nieśli metalową walizkę. Jeden z nich ukląkł. Ostrożnie podniósł berło i schował je w walizce. Drugi pochylił się nad uśpionymi dziećmi. Wyjął z ich kieszeni telefony komórkowe i rzucił je w kąt tarasu. Potem mężczyźni zabrali walizkę z berłem, podnieśli Idę i Alika i ruszyli z nimi do wyjścia.

Po chwili szare bmw odjechało, kierując się na południową autostradę.

– Spróbuj jeszcze raz! – zawołał Kuki.

– Próbowałam już dziesięć razy – powiedziała bezradnie Gabi. – Ida nie odbiera telefonu.

– Alik też nie odbiera – dodał Blubek.

– Nie wysłali żadnej wiadomości? – spytał Kuki.

– Nie.

Troje przyjaciół siedziało w szkolnej szatni. Byli zdenerwowani, bo Ida i Alik nie przyszli do szkoły. Nie odbierali telefonów i nikt nie wiedział, co się z nimi dzieje.

– Co się mogło stać? – zastanawiał się Kuki.

– Wiem tylko, że Idalia wyszła gdzieś rano – powiedziała Gabi. – Zabrała ze sobą berło. A potem zniknęła.

– Jesteś pewna, że wzięła berło?! – pytał Blubek.

– Tak. Było w szafce i zniknęło. Poszłam do miasta, żeby poszukać Idy, ale nigdzie jej nie było. Spotkałam mamę Alika... Powiedziała, że on też zniknął.

– To źle wygląda... – mruknął Blubek.

– Musimy ich znaleźć! – zawołał Kuki. – Blubek, spróbuj zlokalizować ich telefony.

Blubek wyjął tablet i zaczął wpisywać jakieś tajemnicze kody. Po chwili powiedział:

– Telefony Alika i Idy są na Rynku. Obydwa w tym samym miejscu.

– Jedziemy tam! – zdecydował Kuki.

– A lekcje?

– To w tej chwili jest ważniejsze.

Kuki, Gabi i Blubek wsiedli na rowery i ruszyli na Rynek. Po drodze Kuki podjechał do domu i zabrał Budynia. Jego genialny nos mógł pomóc w poszukiwaniach.

Według lokalizatora telefony znajdowały się w ratuszu. Pojechali tam. Weszli do budynku i zaczęli poszukiwania. Kiedy sprawdzali taras widokowy, Gabi zawołała:

– Są telefony! Tam!

Dwie komórki leżały pod ścianą. Były popękane, ale ekrany wciąż świeciły. Rozpoznali telefony przyjaciół.

Spojrzeli na siebie z przerażeniem.

– Co robimy? – spytała Gabi.

– Trzeba zawiadomić policję! – powiedział Blubek.

– Powiemy im o berle i magii? – spytał niepewnie Kuki.

– Raczej nie, bo i tak nie uwierzą.

– Ale co mogło się z nimi stać? – zastanawiał się Budyń.

– Chyba ich porwali! – szepnął Kuki.

– Kto? – spytała przerażona Gabi.

– Ci ludzie, którzy nas śledzili.

– Mówię wam, że trzeba dzwonić na policję! – zawołał Blubek.

– Poczekaj! – powstrzymał go Kuki. – Możemy pojechać do tego rudego faceta z wypożyczalni kostiumów. Berło było od niego, więc on może coś wiedzieć.

– Albo on ich porwał! – zawołała Gabi.

Wskoczyli na rowery. Kuki włożył Budynia do koszyka i popędzili przez miasto.

Kiedy wjechali na ulicę Wilczą, Kuki machnął ręką, pokazując, by nie podjeżdżali pod budynek wypożyczalni. Zatrzymali się sto metrów wcześniej, obok kiosku z gazetami.

– Posłuchajcie. Wejdziemy tam z Blubkiem – powiedział Kuki. – Gabi, ty zaczekaj tu z Budyniem. Jak nie wrócimy za kwadrans, zawiadomisz policję.

– A czemu ja mam czekać? – oburzyła się Gabi.

– Bo to może być niebezpieczny bandzior.

– Chcę brać udział w akcji! Niech Blubek zostanie!

Nie czekając na odpowiedź, Gabi ruszyła w stronę wypożyczalni kostiumów. Kuki westchnął i poszedł za nią. Blubek i Budyń zostali obok rowerów.

– Wyślijcie wiadomość, co się tam dzieje! – zawołał Blubek.

Kuki i Gabi skradali się wzdłuż zielonego budynku. Dotarli do drzwi. Kuki zajrzał ostrożnie przez szybę.

– I co? – spytała cicho Gabi. – Widzisz kogoś?

– Nie wiem. Jest ciemno. Ale chyba coś się tam rusza.

– Wchodzimy.

Kuki nacisnął klamkę. Lekko uchylił drzwi i oboje z Gabi wślizgnęli się do wnętrza.

Podbiegli do stołu, na którym leżały peruki, i ukryli się pod nim. Siedzieli chwilę bez ruchu. Potem ostrożnie się wychylili.

Rudzielca nie było widać. Nie było też śladu Alika ani Idy. Jednak zdawało im się, że z następnego pomieszczenia dochodzi czyjeś sapanie. I jeszcze jakiś dziwny dźwięk. Jakby tykanie wielu zegarków...

Kuki dał znak i ruszyli z Gabi na czworakach w kierunku dziwnego dźwięku. Nagle rozległo się głośne „KRRRA" i łopot skrzydeł! Tuż nad ich głowami przeleciał czarny ptak.

Gabi i Kuki wystraszeni odskoczyli do tyłu, potrącając półkę. Posypały się na nich gumowe maski wampirów.

Zastygli, oczekując, że zaraz przybiegnie Rudzielec. Ale nikt się nie pojawił. Zdawało im się, że słyszą cichy jęk. Potem następny, głośniejszy.

Gabi i Kuki zaczęli się skradać między wieszakami z pelerynami Supermana. Jęki rozlegały się coraz głośniej. Coraz wyraźniej było też słychać tykanie zegarków.

Wysunęli głowy zza kostiumów. Zobaczyli Rudzielca.

Był przywiązany do fotela. Gruba lina krępowała jego nogi i ręce. Miał zamknięte oczy i pojękiwał cicho. Wokół jego stóp leżał stos zegarków. Kuki i Gabi na ich widok oniemieli. Zegarki lśniły złotem i diamentami. Były ich setki!

Nagle Rudzielec otworzył oczy i zobaczył dzieci. Gapił się na nie na wpół przytomnie, a potem krzyknął:

– Ratunku! Ratujcie mnie!

Kuki rozejrzał się. Wyglądało na to, że poza Rudzielcem nikogo tu nie ma. Ostrożnie wysunął się z kryjówki. Gabi ruszyła za nim. Podeszli do Rudzielca, który zawołał:

– Rozwiążcie mnie!

Kuki wyjął scyzoryk. Już chciał przeciąć linę krępującą mężczyznę, ale Gabi szepnęła ostrzegawczo:

– Poczekaj. Najpierw niech nam powie, gdzie oni są.

– Proszę powiedzieć, gdzie są Alik i Ida?! – zawołał Kuki.

– Nie wiem, kto to jest – wyjęczał Rudzielec.

– Dzieci. Były tu z nami pożyczyć kostiumy.

Rudzielec spojrzał na Kukiego i Gabi uważniej. Teraz ich poznał.

– To wy… – szepnął. – To wy zabraliście mi berło! Gdzie ono jest?

– Nie wiemy. Mieli je Alik i Ida. Ale zniknęli. Chyba ktoś ich porwał, razem z berłem.

– Musimy ich znaleźć! – zawołała Gabi. – Niech pan powie, gdzie oni są?

Rudzielec patrzył niepewnie na dzieci. Szarpnął się, bezskutecznie próbując rozerwać więzy. W końcu spytał:

– Jak wam wszystko powiem, to mnie uwolnicie?

– Tak.

– Dobrze… Słuchajcie… To berło ma wielką moc…

– Wiemy o tym – przerwał mu niecierpliwie Kuki.

– Odkryliście to?

– Tak. Skąd pan miał to berło?

– Skąd je miałem... Dobrze, powiem wam wszystko. Ja od wielu lat wypożyczam kostiumy. Mam ich tu setki. Miałem też strój króla, płaszcz i koronę, ale brakowało berła. Zamówiłem je u stolarza. Zrobił berło z dębowego drewna. Kiedy je dostałem, zaczęły się dziać dziwne rzeczy. Odkryłem, że ten przedmiot ma niezwykłą moc. I że trzeba nosić rękawice... A potem...

Rudzielec zamilkł.

– Co było potem?! – zawołał Kuki.

– Stałem się złodziejem – szepnął mężczyzna. – Zawsze chciałem być bogaty. Najbardziej kochałem drogie zegarki. Więc używałem berła, aby je kraść. Rozkazywałem, żeby pękały szyby w wystawach sklepów, i zabierałem najdroższe zegarki. Potem złapałem kruka i rozkazałem mu, by kradł dla mnie.

– Dlaczego kruka?

– Bo ptak nie zostawia odcisków palców. Kradliśmy zegarki w różnych miastach. W wielu krajach... Najpiękniejsze szwajcarskie zegarki...

Złote i diamentowe... Niektóre są warte miliony... Nikt nie ma tylu złotych zegarków co ja...

– Niech pan nie gada o zegarkach! – przerwał Kuki. – Proszę powiedzieć, gdzie są Alik i Ida?

Rudzielec popatrzył na nich niepewnie. Pochylił się i szepnął:

– Wczoraj przyszli tu jacyś ludzie... Straszni... W czarnych płaszczach... Związali mnie. Myślałem, że chcą ukraść moje zegarki, ale one ich nie obchodziły. Oni chcieli berło! Wiedzieli, że je mam.

– I co?

– Powiedziałem im, że berło zabrały dzieci... Ze szkoły numer siedem...

– Skąd pan wiedział, z której jesteśmy szkoły?! – zawołała Gabi.

– Macie identyfikatory z numerem. Oni poszli was szukać. Mnie zostawili związanego. Powiedzieli: „Jak nie znajdziemy berła, to wrócimy".

– Kto to był?

– Nie mam pojęcia. Ale to straszni ludzie. Niebezpieczni.

– Czy wie pan, dokąd mogli zabrać Alika i Idę?

– Nie wiem… Ale słyszałem, jak mówili: „Potem wracamy do Argaro”.

– Argaro?

– Chyba tak. Albo Angaro… Nie pamiętam dokładnie.

– Co znaczy to słowo?

– Nie wiem – jęknął Rudzielec. – Rozwiążcie mnie! Błagam… Możecie sobie zabrać złoty zegarek. Albo dwa! Bierzcie dziesięć… Sto! Wszystkie!!! Tylko mnie uwolnijcie!

– Nie chcemy żadnych zegarków – mruknął Kuki. Podszedł i rozciął scyzorykiem linę krępującą Rudzielca. – Chodź, Gabi.

Ruszyli do drzwi. Usłyszeli jeszcze wołanie.

– Bądźcie ostrożni! To straszni ludzie. Gorsi niż wściekłe wilki.

Blubek i Budyń stali ukryci za kioskiem. Obserwowali wypożyczalnię. Okropnie się denerwowali, bo kwadrans minął, a Gabi i Kuki nie wrócili.

Nie wiedzieli, co zrobić. Ruszyć na pomoc czy zawiadomić policję?

W końcu Blubek szepnął:

– Chodź, Budyń, sprawdzimy, co się tam dzieje.

W tej chwili otworzyły się drzwi wypożyczalni. Wyszedł Kuki, a za nim Gabi. Podbiegli do przyjaciół.

– Blubek! – zawołał Kuki. – Sprawdź w necie, co to jest Argaro!

– Co?

– Argaro. Albo Angaro! To chyba jakaś miejscowość. Sprawdź to. Szybko!

Blubek wpisał w tablecie pytanie. Cała trójka pochyliła się nad ekranem.

Długi czas nie pojawiała się żadna odpowiedź. W końcu ukazała się mapa i jakiś opis.

– Angaro to stara opuszczona twierdza w Kalabrii, nad brzegiem Morza Jońskiego – odczytał Blubek. Podniósł głowę znad tabletu. – Kalabria? Gdzie to jest?

– To część Włoch, na południu Półwyspu Apenińskiego – powiedziała Gabi, która była dobra z geografii.

– Opuszczona twierdza – szepnął Kuki. – To się może zgadzać. Mogą tam uwięzić Alika i Idę.

– Ale kto?! – zawołał Blubek. – Gadajcie konkretnie, czego się dowiedzieliście?

– Opowiem wam w czasie lotu.

– A dokąd lecimy, szefie?

– No właśnie tam. Do Angaro.

– Poczekajcie – powiedział Blubek. – Jeżeli mamy lecieć tak daleko, to trzeba się przygotować. Musimy mieć latarki, śpiwory i namiot. I jedzenie!

– Dobra. Przygotujemy wszystko i spotkamy się w parku – zdecydował Kuki. – Za pół godziny.

Dokładnie o dwunastej Kuki z Budyniem przybiegli do parku. Czekali tam już Gabi i Blubek. Wszyscy (poza Budyniem) mieli wypchane plecaki, Kuki dodatkowo dźwigał namiot, a Budyń paczkę kiełbasek czosnkowych.

W ustronnym miejscu powiększyli dra-kulę. Wsiedli do pojazdu. Blubek zerknął na centralny ekran.

– Wskaźnik naładowania baterii pokazuje pięćdziesiąt procent.

– Co?! – zawołał Kuki. – Przecież wczoraj baterie się naładowały. Sam mówiłeś, że się ładują w czasie jazdy!

– Naładowała się, ale tylko do połowy. Jeśli mamy lecieć tak daleko, potrzebne jest maksimum energii.

– Co robimy?

– Są dwie opcje. Możemy lecieć w trybie oszczędnym. To znaczy z połową prędkości. Albo po drodze zrobimy postój i naładujemy baterie.

– Lepiej lecieć wolniej, niż się zatrzymywać – zdecydował Kuki.

– Zwłaszcza że część drogi przebiega nad wysokimi górami – powiedziała Gabi. – Tam nie będzie gdzie wylądować.

– Dobra. Lecimy z połową prędkości!

Blubek włączył TRYB OSZCZĘDZANIA ENERGII i nacisnął START. Silnik zahuczał, dra-kula rozpędziła się i uniosła. Wpisali namiary w GPS-ie i autopilot przejął sterowanie. Lecieli na południe, w stronę Włoch i tajemniczej twierdzy Angaro. Niestety poruszali się bardzo powoli, jak szybowiec albo motolotnia.

– Ida! Obudź się!

Idalia powoli otworzyła oczy. Leżała na metalowym łóżku, pod szorstkim kocem. Strasznie bolała ją głowa.

– Ida…

Dziewczynka odwróciła się. Obok było drugie łóżko, na którym siedział Alik.

– Jak to dobrze, że się obudziłaś! – szepnął.

– Gdzie… Gdzie my jesteśmy? – spytała Ida.

– Nie wiem…

Idalia rozejrzała się. Pomieszczenie, w którym się znajdowali, było wysokie. Sufit niknął w mroku. Ściany zbudowano z kamieni, jak w starych zamkach. Podłoga też była kamienna. Brakowało okien. Trochę światła wpadało przez okratowany otwór w drzwiach. Pod sufitem wisiało na łańcuchu jakieś dziwne urządzenie, ledwo widoczne w ciemności.

– Alik, skąd my się tu wzięliśmy?

– Porwali nas.

– Porwali?

– Tak. Ktoś nas uśpił i porwał.

– Skąd wiesz?

– Tam, w ratuszu, nagle upadłaś i zobaczyłem strzykawkę. Była wbita w twoją rękę. Potem ja też poczułem ukłucie i zasnąłem.

Ida dotknęła ramienia. Poczuła lekki ból. Odsunęła rękaw i zobaczyła czerwoną plamkę.

– A berło? – szepnęła. – Gdzie ono jest?

– Nie wiem. Wszystko nam zabrali.

– Telefony też?

– Ja nie mam.

Ida sięgnęła do kieszeni.

– Ja też nie mam komórki... – Dziewczynka spojrzała ze strachem na Alika. – Czemu nas porwali?

– Żeby ukraść berło – powiedział Alik. – Pamiętasz, Korto mówił, że źli ludzie chcą zdobyć berło.

– Ale po co zabrali nas?

– Chyba dlatego, że bez nas berło nie działa.

– Ciii – szepnęła Ida. – Może ci porywacze o tym nie wiedzą. Lepiej tego nie zdradzajmy.

Wstała z łóżka. Zakręciło jej się w głowie, ale po chwili poczuła się lepiej. Podeszła do metalowych drzwi. Alik poszedł za nią. Szarpnął klamkę, drzwi były zamknięte. Wspięli się na palce i wyjrzeli przez okratowane okienko. Zobaczyli długi korytarz. Na jego końcu siedział jakiś zwierzak. Chyba małpa… Poza nią nikogo nie było widać, ale usłyszeli odległy dźwięk. Jakby ktoś szedł po metalowych schodach. Ciężkie kroki łomotały po stopniach, a echo odbijało się od kamiennych ścian. Po chwili dźwięk ucichł.

Dwaj ludzie w czarnych płaszczach stali przed wielkimi drzwiami. Trzymali metalową walizkę. Wrota powoli się otwierały.

Mężczyźni weszli do sali. Ukłonili się i postawili walizkę obok podwyższenia z żelaznym fotelem.

– Don Morrati, przywieźliśmy je.

Mężczyzna siedzący na fotelu założył rękawiczki. Otworzył walizkę i wyjął berło. Uniósł je. Magiczny przedmiot błyszczał tak, że w sali pojaśniało. Teraz było widać, że pod ścianą siedzi kilkunastu ludzi ubranych w czarne płaszcze. Zerwali się i podeszli do podwyższenia. Patrzyli z zachwytem na berło.

– Teraz możemy zrobić wszystko! – zawołał jeden z nich. – Nikt nie ma takiej władzy jak my!

Mężczyzna na fotelu spojrzał na niego.

– Nieprawda – szepnął. – To berło ma wielką moc. Lecz daje władzę tylko nad tym, co jest widoczne. Helikoptery i drony mogą atakować, ukryte za chmurami. Kula może nadlecieć szybciej, niż wypowie się rozkaz, żeby zawróciła. Berło ma wielką siłę, ale człowiek, który je trzyma, jest słaby. Łatwo go pokonać… Lecz ten przedmiot pozwoli nam stworzyć coś, co uczyni nas najpotężniejszymi na świecie. Niezwyciężonymi! – Mężczyzna wstał. – Najpierw muszę je wypróbować. Strażnicy, odsłońcie okna.

Dwaj mężczyźni podbiegli do okien i otworzyli okiennice. Słoneczne światło wlało się do sali. Za oknami było widać morze i błękitne niebo, po którym płynęło kilka obłoków.

Mężczyzna wycelował berło w chmury.

– Niech będzie burza! – zawołał. – Rozkazuję!

Nic się nie zdarzyło. Chmury na niebie nawet nie drgnęły. Ludzie w czarnych płaszczach patrzyli niespokojnie.

Mężczyzna skierował berło w stronę morza.

– Sztorm na morzu! Tajfun! Rozkazuję!

Cisza. Morze pozostało spokojne. Żadnego wiatru ani fal.

Mężczyzna odwrócił się.

– Ono nie działa! – krzyknął. – Jesteście pewni, że to prawdziwe berło?

– Tak, Don Morrati – szepnął jeden z mężczyzn. – Rudy złodziej zmieniał nim pogodę, a dziecko zmusiło nas do kłaniania się.

– Dziecko?

– Berło dostało się w ręce dzieci. To one musiały coś z nim zrobić! Chyba zablokowały jego moc.

– Dzieci to zrobiły?

– Pewnie tak…

– Czy one są tutaj?

– Tak. Na wszelki wypadek zabraliśmy je. Czy mamy z nimi… porozmawiać?

– Nie. One same zdradzą tajemnicę. Dzieci nie potrafią utrzymać sekretów. Wyślijcie Ispido. Niech będzie blisko nich…

Alik i Ida siedzieli na łóżkach.

– Jak myślisz, co z nami zrobią? – spytała Idalia.

– Nie wiem – szepnął Alik. – Nawet nie wiemy, kto nas porwał.

– Masz coś do jedzenia?

– Nie.

– Jestem strasznie głodna – westchnęła Ida.

– Ja też.

– Może oni będą nas głodzić albo…

– Cicho! – przerwał Alik. – Ktoś tu idzie…

Dzieci usłyszały kroki za drzwiami, a potem zgrzyt klucza w zamku. Drzwi się otworzyły i wszedł człowiek w czarnym płaszczu. Kiwnął ręką.

– Chodźcie ze mną.

Ida i Alik patrzyli na mężczyznę.

– Gdzie my jesteśmy?! – zawołała Ida. – Dlaczego nas porwaliście?

– Powiedziałem, chodźcie ze mną. No, dalej!

Dzieci niepewnie wstały i wyszły z więzienia. Na korytarzu czekał drugi strażnik. Obok siedziała na podłodze małpa. Była niewielka i miała duże szpiczaste uszy.

Strażnicy poprowadzili dzieci długim korytarzem. Małpa szła za nimi. Dotarli do metalowych drzwi. Strażnik je otworzył i weszli do pomieszczenia, w którym był długi kamienny stół. Stały na nim dwa talerze z makaronem i kubki z jakimś parującym płynem. Strażnik podprowadził tam dzieci.

– Jedzcie – powiedział.

Ida i Alik usiedli przy stole.

Strażnicy wyszli, zatrzaskując za sobą drzwi. Klamki od wewnątrz nie było.

Małpa została w jadalni.

Dzieci niepewnie patrzyły na jedzenie. Był to makaron z pomidorowym sosem, który pachniał całkiem przyjemnie. W kubkach było ciepłe mleko.

– Alik... A może to jest trucizna? – szepnęła Ida.

Chłopiec pochylił się nad talerzem.

– Nie czuję nic specjalnego.

– To może być trucizna bezwonna.

– Szkoda, że nie ma Budynia – westchnął Alik. – On by wyczuł każdą truciznę.

W tej chwili usłyszeli szelest. Do stołu podeszła małpa. Wskoczyła na krzesło obok Alika.

– Chyba nas nie ugryzie… – powiedział chłopak.

– Raczej nie. Wygląda dość miło.

– Zobacz, ma obrożę na szyi.

Małpa patrzyła uważnie na dzieci. Jej wielkie uszy były uniesione.

– Mam pomysł – powiedział Alik. – Dajmy jej to jedzenie do spróbowania.

– Jak jest zatrute, to ona zachoruje – zaniepokoiła się Ida.

– Nie. Zwierzęta mają instynkt. Nigdy nie zjedzą czegoś szkodliwego. Jeśli ta małpa nie ruszy jedzenia, to znaczy, że jest zatrute.

Alik nabrał na widelec trochę makaronu i położył na stole przed zwierzakiem. Polał go odrobiną mleka.

Małpa pochyliła głowę i łakomie zlizała jedzenie. Pisnęła, wyraźnie zadowolona.

Dzieci obserwowały ją.

– Zjadła – szepnęła Ida. – Czyli ten makaron jest w porządku.

– To dobrze – odetchnął z ulgą Alik – bo jestem okropnie głodny.

– Ja też!

Dzieci zaczęły jeść makaron. Popijały mlekiem. Małpa przyglądała im się. Gdy któreś z dzieci na nią spojrzało, zaraz robiła śmieszne miny.

Kiedy zaspokoili głód, uważnie rozejrzeli się po sali.

– Zobacz – powiedział Alik. – W tych oknach nie ma krat.

Rzeczywiście, okna w jadalni nie były zabezpieczone kratami. Szyby zamalowano szarą farbą, więc nie widzieli, co jest za nimi.

– Sprawdzimy, czy nie da się tędy uciec – szepnął Alik.

Podbiegli do okna i zaczęli szarpać klamkę. W końcu okno się otworzyło. Wyjrzeli i omal nie krzyknęli, bo widok był niesamowity. Budynek stał na wysokiej skale. Kilkadziesiąt metrów niżej groźnie szumiało morze. Skała opadała pionowo, nie sposób było zejść.

– Tędy nie uciekniemy – westchnęła Ida.

Dzieci wróciły do stołu. Małpa obserwowała je uważnie.

– Alik, jak myślisz, czy ktoś nas szuka? – spytała Ida.

– Na pewno. Kuki i reszta już wiedzą, że zniknęliśmy, i na sto procent nas szukają. Rodzice i policja też. Tylko nikt nie wie, gdzie jesteśmy.

– My też nie wiemy – westchnęła Ida.

Alik spojrzał w okno.

– Jest morze... I kamienny dom.

– To raczej jakaś twierdza.

– Tak. Ale gdzie? W jakim kraju?

– We Włoszech. Przecież ten porywacz mówił po włosku.

– Masz rację! – zawołał Alik. – Nie zwróciłem na to uwagi, bo teraz rozumiemy wiele języków i nie zauważamy, po jakiemu do nas mówią.

– A może wyślemy wiadomość, że nas tu uwięzili? – spytała Idalia.

– Przecież nie mamy telefonów.

– Napiszemy listy na serwetkach i wyrzucimy z okna. Jeśli wiatr poniesie je daleko, to może ktoś je znajdzie i przeczyta.

– Masz coś do pisania? – spytał Alik.

– Nie.

– To jak chcesz napisać list?

– Tak!

Ida zanurzyła palec w resztkach pomidorowego sosu pozostałych na talerzu. Napisała nim na serwetce: PORWALI NAS. JESTEŚMY WE WŁOSZECH, W TWIERDZY NAD MORZEM. RATUJCIE! IDA, ALIK. Litery były krzywe, bo sos się rozmazywał, ale dało się je odczytać.

– Super pomysł – pochwalił Alik.

Napisali w ten sposób trzy listy, potem sos się skończył. Podeszli do okna i wyrzucili serwetki. Dwie niestety wpadły do morza, ale trzecia pofrunęła z wiatrem i zniknęła za murem twierdzy.

– Jutro możemy zrobić więcej takich listów – powiedziała Ida.

– Jeśli jutro będziemy jeszcze żywi – westchnął Alik.

– Porwali nas z powodu berła, więc nie mogą nam zrobić nic złego. Bez nas berło nie będzie działać.

– Przecież oni nie wiedzą, że założyliśmy blokadę i że berło słucha tylko nas.

– Może powinniśmy im to powiedzieć?

– Nie! – szepnął Alik. – Nie możemy tego zdradzić!

– Dlaczego?

– Jeśli oni będą myśleć, że berło nie działa, to przestaną go pilnować. Może uda nam się wykraść je i zrobić czar... Unieruchomić ich...

Usłyszeli jakiś szelest. Odwrócili się nerwowo. Obok nich stała małpa. Uszy miała uniesione. Idalia chciała ją pogłaskać, ale zwierzak odskoczył.

W tej chwili zgrzytnął zamek, otworzyły się drzwi. Weszli dwaj strażnicy.

Jeden trzymał w ręce ich list! Rzucił go na stół.

– Nie róbcie tego nigdy więcej – warknął. – I pamiętajcie, stąd nikt nie ucieknie. W twierdzy wszędzie są ukryte pułapki. Kto nie zna drogi, zginie. Rozumiecie?

Alik i Ida milczeli.

– A teraz chodźcie z nami.

Każdy ze strażników chwycił jedno z dzieci za rękę i wyprowadzili je na korytarz. Ida myślała, że wrócą do więzienia. Ale strażnicy minęli drzwi celi i poprowadzili dzieci na metalowe schody. Zaczęli się po nich wspinać. Małpa uparcie szła za nimi.

Dotarli na szczyt schodów. Jeden ze strażników otworzył wysokie drzwi i weszli do wielkiej sali. W jej centrum było podwyższenie z żelaznym fotelem. Dzieci zobaczyły, że siedzi na nim ktoś ledwo widoczny w mroku.

Przez chwilę trwała cisza.

Człowiek na fotelu podniósł jakiś przedmiot. Błysnęło światło. Dzieci zobaczyły, że mężczyzna trzyma berło.

– Chcę wiedzieć, dlaczego berło nie działa? – spytał. Miał niski, ochrypły głos, który budził lęk.

– Czemu berło nie działa? – powtórzył. – Mówcie!

Alik zerknął na Idę.

– Nie wiemy – powiedział.

– Nie wiemy – powtórzyła Idalia.

– Kłamiecie – szepnął mężczyzna. – Nie wolno mnie okłamywać!

Odwrócił się i zawołał:

– Do mnie, Ispido!

Podbiegła małpa i wskoczyła mu na kolana. Mężczyzna zdjął obrożę z jej szyi. Wyjął jakieś urządzenie. Coś pisnęło, a potem dzieci usłyszały swoje głosy: „ONI NIE WIEDZĄ, ŻE ZAŁOŻYLIŚMY BLOKADĘ I ŻE BERŁO SŁUCHA TYLKO NAS… NIE MOŻEMY TEGO ZDRADZIĆ! DLACZEGO?… MOŻE UDA NAM SIĘ WYKRAŚĆ JE I ZROBIĆ CZAR…”.

„Ta małpa miała zamontowany podsłuch. Nagrywała nas! – jęknął w myśli Alik. – Oni wszystko wiedzą”.

Mężczyzna zerwał się z fotela.

– Chcieliście mnie oszukać! – syknął. – Zablokowaliście moc berła i ono słucha tylko was! Tak? – Zrobił krok w stronę dzieci. – Nie wiem, jak wpadliście na ten pomysł, ale to znaczy, że t e r a z b ę d z i e c i e w y p o w i a d a ć m o j e r o z k a z y! Rozumiecie? Do końca życia będziecie mi służyć!

Alik i Ida patrzyli niepewnie. Nagle Alik powiedział:

– Nie będziemy.

– Nie będziemy – powtórzyła Ida.

Mężczyzna spojrzał na dzieci z wściekłością. Odwrócił się do strażników.

– Zabierzcie ją i zamknijcie. On niech tu zostanie.

Strażnik złapał Idalię za rękę i pociągnął do drzwi.

– Puszczaj! – zawołała Ida. Była naprawdę rozzłoszczona. Właściwie przestała się już bać. – Puść mnie!!!

Strażnik nie reagował na jej protesty. Wyprowadził Idę z sali. Usłyszała jeszcze, jak Alik krzyczy:

– Dokąd ją zabieracie?! Zostawcie ją!

Trzasnęły drzwi. Strażnik zszedł z Idą po schodach i zaprowadził ją z powrotem do więzienia. Zanim wyszedł z celi, wyjął telefon i nacisnął ikonę na ekranie. Wtedy zgrzytnął metal i z sufitu zaczęło coś zjeżdżać. Ida zobaczyła wielki szklany słój zawieszony na łańcuchu. Z ponurym piskiem łańcuch zjechał, opuszczając naczynie na podłogę. Na szklanym wieku migotała czerwona dioda. Wewnątrz naczynia coś się poruszało. Coś czarnego…

– Nie dotykaj tego słoja – mruknął strażnik i wyszedł, zatrzaskując drzwi. Zgrzytnął klucz w zamku.

Ida odczekała chwilę, a potem pobiegła zobaczyć, co jest w szklanym naczyniu. Pochyliła się i krzyknęła ze strachu.

W słoju siedziały wielkie pająki.

– Podejdź do mnie.

Chłopiec zbliżył się do podwyższenia. Don Morrati na fotelu patrzył na niego uważnie.

– Jak masz na imię? – zapytał.

– Alik.

– Posłuchaj, Alik… Jesteś teraz kimś ważnym. Bardzo ważnym. A wiesz dlaczego? Bo od tej chwili będziesz moim głosem. Będziesz powtarzać moje słowa. Rozumiesz?! Dam ci berło, a ty będziesz wypowiadać moje rozkazy!

Alik milczał. Zastanawiał się, co zrobić. Jeśli ten straszny człowiek da mu berło, to musi wydać rozkaz, który pokona porywaczy. Wszystkich jednocześnie! Bo tylko tak może z nimi wygrać. Tylko jaki to ma być rozkaz? Co może pokonać wszystkich bandziorów w jednej sekundzie?

Mężczyzna obserwował chłopca.

– Pewnie myślisz, że gdy dam ci berło, to zyskasz władzę nad nami? Że wydasz rozkaz, który nas zniszczy? Nie łudź się. Będziesz powtarzać tylko moje rozkazy, rozumiesz?! Nie wiesz dlaczego? No to patrz!

Don Morrati klasnął. Błysnęło światło. Na ścianie wyświetlił się obraz z projektora.

Alik zobaczył więzienną celę. Kamera pokazała Idalię siedzącą na łóżku. Dziewczynka wpatrywała się ze strachem w jakiś przedmiot na podłodze. Obraz się powiększył. Alik zobaczył, że na podłodze stoi słój, a w nim chodzą wielkie pająki!

– Wiesz, co to jest? – spytał cicho mężczyzna. – To pajęcza bomba! Gdy włączę zapalnik, słój pęknie i pająki wyskoczą. To czarne wdowy! Najgroźniejsze pająki świata. Mają jad, przed którym nie ma ratunku… Więc jeśli nie chcesz, żeby coś się stało twojej przyjaciółce, musisz być posłuszny. Możesz wypowiadać tylko te rozkazy, które ja ci podyktuję. Gdy spróbujesz wydać inny, uruchomię zapalnik. Pajęcza bomba pęknie, a czarne wdowy ruszą do ataku!

Alik patrzył z przerażeniem na ekran. Było widać, jak jadowite pająki biegają w słoju. Potem kamera pokazała Idalię. Dziewczynka owinęła się kocem i wpatrywała ze strachem w naczynie.

– Musisz robić, co ci każę! – powiedział mężczyzna. – Rozumiesz, Alik?

– Tak – szepnął chłopak.

– No to chodź ze mną!

Don Morrati wstał z fotela. Ruszył do drzwi po drugiej stronie sali. Pozostali mężczyźni w czarnych płaszczach poszli za nim. Dwóch strażników prowadziło Alika, trzymając go za ręce.

Wyszli z sali i powędrowali długim korytarzem. Co jakiś czas zatrzymywali się, a strażnik naciskał coś na ekranie telefonu. Rozlegał się pisk i podłoga lekko drgała. Dopiero wtedy ruszali dalej. Alik pomyślał, że strażnik wyłącza pułapki, które są ukryte w podłodze.

Dotarli do końca korytarza. Była tutaj duża winda. Ściany miała zrobione z krat i przypominała klatkę.

– Wchodź!

Alik, a za nim strażnicy weszli do windy. Człowiek z berłem także do niej wsiadł.

Kabina ze zgrzytem ruszyła w dół. Jechali długo. Wreszcie winda zatrzymała się.

Rozsunęły się drzwi. Dookoła było ciemno, tylko mały czerwony punkt świecił się na ścianie. Strażnik go dotknął. TRZASK. Włączyły się reflektory. Jaskrawe światło zalało wielką halę. W centrum stała ogromna maszyna. Miała kilka ramion z dziwnymi urządzeniami na końcach. Była olbrzymia. Piętrzyła się nad Alikiem jak stalowy potwór.

– To największa na świecie drukarka 3D – powiedział mężczyzna. – Wiesz, co to jest?

– Tak – odpowiedział chłopiec. – Drukarka 3D to maszyna, która drukuje przedmioty.

– Ta potrafi stworzyć każdą rzecz. Z metalu, z kryształu albo ze złota. Nikt inny nie ma tak wielkiej drukarki przedmiotów! – Pochylił się nad Alikiem. – A teraz słuchaj! Chcę, by ta drukarka stworzyła robota, najpotężniejszego na świecie. Robota, który może zniszczyć wszystko i pokonać każdego. Wojskowi w wielu krajach próbują go zbudować, ale na razie nie potrafią tego zrobić. A dzięki berłu ja go stworzę! Ten robot będzie potężny, a jednocześnie nie do odkrycia. A wiesz czemu? Bo będzie potrafił zmieniać się w dziecko. Rozumiesz? W razie zagrożenia zmieni się w chłopca! I nikt się nie domyśli, że zwykły dzieciak to straszliwy niszczyciel.

Mężczyzna poprowadził Alika do maszyny.

– Zobacz! – szepnął. – Do tej drukarki jest podłączony superkomputer. Sam nie potrafi niczego wymyślić. Lecz gdy wydamy mu rozkaz, stworzy plan robota, którego nie pokona nikt. I to ty wydasz ten rozkaz, Alik!

Chłopiec spojrzał przerażony.

– Po co panu taki robot? – szepnął.

– Zdradzę ci to, bo już zawsze będziesz mi służyć, więc możesz wiedzieć wszystko. Ten robot zdobędzie dla mnie władzę. A wiesz, kto ma p r a w d z i w ą władzę? Ten, kto posiada energię!

Alik spojrzał niepewnie.

– Nie rozumiesz? – zaśmiał się mężczyzna. – Najważniejsza na świecie jest energia! Prąd! Bez elektryczności nie ma światła i wody w kranie. Nie ma telefonów ani internetu. Nie ma nic! Dlatego ten robot będzie niszczyć elektrownie i pochłaniać elektryczność! Prąd przestanie płynąć. Zgasną światła w Rzymie i w Londynie. W Nowym Jorku i w Warszawie! Zapadnie ciemność we wszystkich miastach na świecie. Przestaną działać pociągi, szkoły, sklepy… Wszystko!

– Ale po co? – wyszeptał przerażony Alik.

– Żeby ludzie płacili mi haracz! Wielkie pieniądze! Powiem wszystkim: „Chcecie mieć prąd? Chcecie mieć światło i ciepło? To musicie płacić haracz!! Miliony! Wtedy zatrzymam robota. Rozkażę mu, aby przestał niszczyć elektrownie". A jeśli ludzie przestaną płacić, znów poszczuję robota! Spuszczę go ze smyczy. Ten robot będzie najgroźniejszym stworzeniem, jakie zna świat. A powstanie dzięki berłu. I dzięki tobie, Alik!

Chłopiec patrzył z przerażeniem. Nie wiedział, co robić.

Mężczyzna wyjął z kieszeni kartkę.

– Tu jest zapisane, jak ma wyglądać robot. Dam ci berło, a ty odczytasz rozkaz z tej kartki. Lecz pamiętaj… Jeśli zmienisz choć jedno słowo, nacisnę detonator. Pajęcza bomba wybuchnie. A wtedy… Rozumiesz?

– Tak.

– Załóż rękawice.

Strażnik podał Alikowi czarne rękawiczki. Chłopiec powoli je włożył. Dłonie miał spocone ze zdenerwowania. Wiedział, że za chwilę dostanie berło. Co ma zrobić? Walczyć czy być posłuszny? Jeśli zacznie walkę, Ida znajdzie się w strasznym niebezpieczeństwie.

Don Morrati wysunął rękę z berłem.

– Weź je!

Alik niepewnie złapał berło. Mimo rękawic czuł, że magiczny przedmiot jest ciepły. Promieniowała z niego ogromna siła. W głowie Alika kłębiły się myśli. Mógł teraz wydać rozkaz, żeby wszyscy bandyci znieruchomieli na wieki. A jeśli w mroku kryje się strażnik, który uruchomi pajęczą bombę? Co się wtedy stanie z Idą? Czy zdąży ją uratować? Alik nawet nie wiedział, jak trafić do celi, gdzie była uwięziona Ida. Zanim ją znajdzie, pająki zaatakują.

Strażnicy czujnie obserwowali Alika. Don Morrati zawołał:

– Odczytaj rozkaz! Mów głośno i wyraźnie!

Chłopak podniósł kartkę. Był na niej opis robota. Alik wiedział, że gdy go odczyta, komputer zacznie tworzyć projekt. A potem maszyna wyprodukuje strasznego niszczyciela. Robota wampira, który odbierze światu energię.

Lecz Alik nie miał wyjścia. Musiał być posłuszny. Na razie…

Chłopiec podniósł kartkę i zaczął głośno czytać:

– „Niech powstanie robot o największej mocy na świecie. Ma pochłaniać prąd i niszczyć wszystko, co tworzy energię. Ma posiadać broń, przed którą nic nie ochroni. Gdy ktoś go zaatakuje, ma…".

Alik zamilkł.

– Czytaj dalej! – krzyknął strażnik.

– „Gdy ktoś go zaatakuje, ma wysyłać przerażacze, chmury strachu, które spowodują, że wszyscy, którzy z nim walczą, uciekną. Robot może przybierać postać dziecka, by nikt nie mógł go odkryć…"

W celi Ida siedziała na łóżku i obserwowała słój z pająkami. Jadowite stwory wspinały się po szklanych ścianach, próbując wydostać się z naczynia. Były wyraźnie rozzłoszczone.

Dziewczynka owinęła się szczelnie kocem, ale wiedziała, że to słaba ochrona, jeśli pająki wydostaną się z naczynia. Myślała o Aliku. „Co się z nim dzieje? Dokąd go zabrali?"

Alik odczytał już niemal cały rozkaz. Zostało ostatnie zdanie. Uniósł kartę i powiedział powoli:

– „I niech powstanie sterownik. Manipulator do kierowania robotem. Kto go posiada, ten jest jego panem". Ale…

Chłopiec wyszeptał kilka słów tak cicho, że nikt ich nie usłyszał.

– Ej! Coś ty powiedział?! – wrzasnął strażnik.

– Nic... – odpowiedział szybko Alik. – Powtórzyłem to o sterowniku...

– Masz czytać głośno i wyraźnie!

– Już wszystko przeczytałem.

– Skieruj berło na drukarkę i powiedz: „Rozkazuję"! – polecił Don Morrati.

Alik powoli uniósł berło.

– Rozkazuję! – zawołał.

TRZASK. Na ekranach monitorów zaczęły płynąć rzędy cyfr. Powstawały i znikały dziwne rysunki.

„Superkomputer tworzy projekt robota" – pomyślał Alik. Nagle poczuł, że ktoś wyrywa mu berło z dłoni. Strażnik odebrał chłopcu magiczny przedmiot, zdjął mu rękawice i podał berło Don Morratiemu.

– Czy zaprowadzić chłopca do celi? – spytał strażnik.

– Nie. Niech zobaczy swoje dzieło.

Obrazy na monitorach przestały migotać. Przez chwilę nic się nie działo. A potem włączyła się gigantyczna drukarka 3D. Rozjarzyła się laserowymi światłami. Silniki zahuczały, a ramiona drukarki zaczęły się poruszać. Z dysz trysnęły strugi stali i płynnego kryształu. Zastygały na kształt dziwnych mechanizmów.

Alik patrzył na to zafascynowany. Nigdy nie widział czegoś tak niesamowitego.

Na jego oczach powstawał olbrzymi robot. Miał stalowe ręce i nogi, a jego ciało nieustannie się powiększało. Wciąż dochodziły nowe elementy. Tytanowe kości wtapiały się w nogi i ręce robota. Plazmowe silniki wmontowywały się w jego korpus. Dziwne kryształy wypełniały jego głowę.

Don Morrati patrzył na to z zachwytem.

Drukarka pracowała jak szalona, wypluwając wciąż nowe strugi metalu. Wreszcie wielki robot był gotowy. Ramiona drukarki się zatrzymały.

Przez chwilę trwała cisza.

A potem maszyna włączyła się ponownie, tym razem na parę sekund. Z dysz trysnął płynny metal i stopiony diament, tworząc manipulator z przyciskami i joystickiem.

Podekscytowany Don Morrati rzucił berło na podłogę i chwycił sterownik. Skierował go w stronę robota. Nacisnął czerwony guzik.

PIK.

Robot podniósł głowę.

PIK.

Robot otworzył laserowe oczy

– Chodź do mnie – rozkazał mężczyzna i przesunął joystick.

Mechaniczny stwór ruszył. Szedł powoli, jakby dopiero uczył się chodzić. Posadzka drżała pod jego stalowymi stopami.

Alik patrzył na niego z napięciem. Potem zerknął na podłogę. Kilka kroków od niego leżało berło! Nikt go nie pilnował, bo wszyscy gapili się na robota.

Alik zrobił krok w stronę berła... Drugi...

Z przeciwnej strony zbliżał się robot.

Don Morrati uniósł manipulator. Przesunął joystick i zawołał:

– Stój!

Robot się nie zatrzymał.

– Stój!

Metalowy stwór szedł dalej. Był już blisko mężczyzny.

Don Morrati szarpał joystick.

– Stój! – krzyczał. – Dlaczego on mnie nie słucha?! Stój!!!

Olbrzymi robot podszedł do swego „pana" i nagle wyrwał mu sterownik z rąk. Cisnął go na podłogę. TRZASK! BŁYSK! Manipulator rozpadł się na kawałki. Wtedy robot odepchnął mężczyznę i poszedł dalej. Dotarł do ściany. Zatrzymał się, uniósł rękę. Coś błysnęło i z dłoni robota wystrzeliła biała smuga. TRZASK! HUK! Ściana pękła. Posypał się gruz. W murze powstała ogromna dziura, przez którą było widać niebo i drogę prowadzącą w góry.

– Co on robi?! – wrzeszczał Don Morrati. – Łapcie go!

Ze wszystkich stron zbiegli się strażnicy. Próbowali pochwycić robota, ale on ich odepchnął, tak że upadli na podłogę.

Potem robot ugiął nogi i wyskoczył przez rozbitą ścianę. Pofrunął jak skoczek narciarski. Przeleciał kilkaset metrów i wylądował na drodze.

Zastygł na chwilę, a potem uniósł rękę i coś przekręcił w swoim korpusie.

I wtedy stało się coś zdumiewającego. Robot zaczął się... zmniejszać! Metalowe części składały się jak harmonijka. Robot kurczył się jak balon, z którego uchodzi powietrze. Po chwili miał rozmiar dziecka. Wtedy jego stalowe ciało pokryło się skórą. Pojawiło się ubranie, a na głowie wyrosły jasne włosy. Robot wyglądał teraz jak dwunastoletni chłopak! Nikt by go nie odróżnił od zwykłego dziecka. „Chłopiec" stał przez chwilę nieruchomo. Nagle zaczął biec. Popędził drogą, poruszając się niezwykle szybko.

– Stój! Wracaj do mnie! – wrzeszczał Don Morrati.

Bez skutku. Robot-dziecko zniknął za zakrętem.

Mężczyzna odwrócił się. Spojrzał z wściekłością na Alika.

– Co ty zrobiłeś, smarkaczu?! – wrzasnął. – Czemu on się wyrwał spod kontroli? Oszukałeś mnie, tak?! Powiedziałeś coś po cichu... Pamiętam. Coś szeptałeś. Co to było? Mów...

Don Morrati ruszył w stronę chłopca. Reszta mężczyzn w czarnych płaszczach szła za nim.

Wtedy Alik błyskawicznie zsunął rękaw na dłoń, skoczył i podniósł berło. Skierował je w stronę bandytów.

– On ma berło! – wrzasnął Don Morrati. – Zabierzcie mu je!

Strażnicy rzucili się w stronę Alika.

Chłopiec krzyknął:

– Stójcie! Przez rok! Rozkazuję!

Wszyscy mężczyźni w czarnych płaszczach zastygli.

Alik błyskawicznie się odwrócił. Zobaczył, że Don Morrati wyciąga z kieszeni jakiś przedmiot. Detonator pajęczej bomby!

– Ty też stój! – zawołał Alik. – Bez ruchu! Na zawsze!

Mężczyzna znieruchomiał jak kamień. Detonator pajęczej bomby upadł na podłogę i się roztrzaskał.

Alik rozejrzał się po sali. Nie było widać więcej ludzi w czarnych płaszczach. Chyba unieruchomił wszystkich…

Teraz musiał znaleźć miejsce, gdzie była uwięziona Ida. Szybko, bo nie był pewny, czy pajęcza bomba nie wybuchła!

Popędził do windy. Wskoczył do kabiny. Na tablicy było dziewięć przycisków. Alik nie wiedział, na którym piętrze jest więzienie. Ale przypomniał sobie, że gdy patrzyli z okien, morze było nisko w dole. Nacisnął guzik najwyższego, dziewiątego piętra. Winda ruszyła w górę. Jechała strasznie wolno.

– Szybciej! – rozkazał Alik. – Jedź szybciej!

Prawie się wywrócił, bo winda wystrzeliła w górę jak rakieta! Po sekundzie gwałtownie się zatrzymała. Drzwi się otworzyły i chłopiec wyskoczył z kabiny.

Odetchnął z ulgą, bo poznał korytarz, na którym znajdowało się więzienie! Pobiegł do stalowych drzwi na końcu korytarza.

– Idalia! – krzyczał.

Ida siedziała na łóżku i wpatrywała się w słój z pająkami. Nadal był cały. Pajęcza bomba nie wybuchła.

Dziewczynka usłyszała wołanie:

– Idalia!!!

Zeskoczyła z łóżka i popędziła do drzwi. Zrobiła to tak gwałtownie, że potrąciła słój! TRACH! Pajęcza bomba przewróciła się i pękła z hukiem!

Uwolnione pająki wyskoczyły na podłogę.

Ida błyskawicznie się cofnęła. Weszła na łóżko. Porwała koc i zaczęła nim wymachiwać.

Czarne wdowy ruszyły w jej stronę. Wspinały się na łóżko. Dziewczynka strącała pająki kocem.

– Ratunku! – krzyczała.

Alik dobiegł do drzwi. Dotknął zamka berłem.

– Otwórz się! – rozkazał.

TRZASK! Rygiel zamka odskoczył i drzwi więzienia się otworzyły.

Alik wbiegł do celi. Zobaczył Idę wymachującą kocem i armię atakujących pająków. Skierował berło w ich stronę. Przez sekundę zastanawiał się, jaki wydać rozkaz. Wreszcie krzyknął:

– Pająki! Tańczcie! Do końca życia!

Straszne czarne wdowy na sekundę zastygły, a potem zaczęły wykonywać dziwny taniec. Pląsały na pajęczych nogach jak zwariowane baletnice.

Dziewczynka przeskoczyła ponad tańczącymi pająkami i podbiegła do Alika.

– Nie ukąsiły cię?! – zawołał chłopiec.

– Nie! Skąd masz berło?!

Alik nie odpowiedział. Patrzył z przerażeniem na bluzę Idy. W kapturze siedział pająk! Widocznie wszedł tam i się ukrył, więc rozkaz go nie dosięgnął. Teraz wyszedł, wysuwając żądło w stronę szyi Idalii.

Było za późno, żeby wydać nowy rozkaz. Alik błyskawicznie uderzył pająka berłem. Stwór spadł na podłogę. Szybko się podniósł i ukrył w szczelinie podłogi.

– Uciekajmy! – krzyknął Alik.

Pociągnął Idę za rękę. Pobiegli korytarzem.

Po chwili pająk wysunął się z kryjówki i ruszył za uciekinierami.

Dzieci dotarły do schodów i zaczęły zbiegać w dół.

– Alik! Mów, co się dzieje? – wołała zdyszana Ida. – Jak zdobyłeś berło?

– Odebrałem je bandziorom! – powiedział Alik.

– A co się z nimi stało?

– Kazałem im stać bez ruchu. Przez rok! Ale jest jeszcze on…

– Kto?

– Robot!

– Jaki robot?!

– Potem ci wyjaśnię. Najpierw musimy stąd uciec.

Dotarli do końca schodów. Zobaczyli długi korytarz, który prowadził w prawo i w lewo. Na obu końcach były drzwi.

Alik i Ida zatrzymali się. Nie wiedzieli, w którą stronę iść.

– Strażnik mówił, że z tej twierdzy nie da się uciec – szepnęła Ida. – Że tu jest pełno pułapek!

– Może uda się je wyłączyć za pomocą berła – powiedział Alik.

– Raczej się nie uda! Mechanizmy pułapek na pewno są ukryte i niewidoczne.

– Masz rację.

– To jak się stąd wydostaniemy?

– Mam jeden pomysł.

Alik dotknął berłem kamienia leżącego na podłodze. Był to ukruszony kawałek marmurowej płyty.

– Narysuj plan twierdzy z drogą do wyjścia! – zawołał. – Mają być na nim pokazane wszystkie pułapki! Rozkazuję!

Kamień podskoczył i zaczął się przesuwać po podłodze. Kreślił linie jak kreda na tablicy. Obok pisał jakieś słowa. Kamień poruszał się błyskawicznie. Po minucie narysował na podłodze plan całej twierdzy! Były na nim strzałki i dziwne znaki. Mapa zajmowała połowę korytarza.

– Alik, to jest bez sensu! – zawołała Ida. – W jaki sposób zabierzemy ten plan? Przecież nie wyrwiemy podłogi!

– Musimy zapamiętać drogę.

Pochylili się oboje nad mapą. Strzałki pokazywały, którymi schodami i korytarzami powinni iść. W niektórych miejscach były narysowane trupie czaszki. A obok były dziwne napisy. Na przykład: PUŁAPKA! IDŹ PO BIAŁYM lub PRZEJDŹ PRZEZ CZERWONE WROTA. Gdzie indziej był napis: NIE STĄPAJ PO PŁOMIENIU albo IDŹ PO WILKU, i wiele innych.

Wyglądało to jak plansza do gry. Ale dzieci wiedziały, że to nie jest gra. To były prawdziwe niebezpieczeństwa. Jeśli nie zapamiętają drogi, mogą zginąć!

Napisów i czaszek było bardzo dużo. Starali się wszystkie zapamiętać, ale było to niesamowicie trudne. W końcu Alik powiedział:

– Według mapy najpierw trzeba iść w prawo. Chodź, Ida!

Ruszyli w prawą stronę. Po chwili dotarli do drzwi na końcu korytarza. Otworzyli je ostrożnie. Zobaczyli salę, której podłoga była zrobiona z czarno-białych płyt. Alik zatrzymał się.

– Stop! Tu miała być pierwsza pułapka.

– Pamiętam… – szepnęła Ida. – Było napisane: IDŹ PO BIAŁYM.

– To znaczy, że trzeba iść po białych płytach?

– Chyba tak.

Ruszyli. By przedostać się z jednej białej płyty na drugą, musieli skakać. Było to niebezpieczne, bo płyty były śliskie.

Przy kolejnym skoku Alik poślizgnął się i przewrócił, wypuszczając z ręki berło. Na szczęście upadł na białą płytę, ale berło potoczyło się dalej. Zatrzymało się na czarnym kamieniu! ZGRZYT! Czarna płyta drgnęła i wraz z berłem zaczęła zjeżdżać w dół.

– Ida! Łap berło! – wrzasnął Alik.

Dziewczynka błyskawicznie wskoczyła na białą płytę, która była obok zapadni. Uklękła i wsunęła rękę do pułapki. Musiała wyjąć berło, zanim pochłonie je czarna czeluść. W ostatniej chwili sobie przypomniała, że nie może dotknąć berła gołą dłonią. Szybko ściągnęła rękaw, osłaniając rękę. W tym czasie kamienna płyta z przeraźliwym zgrzytaniem zjechała już niżej. Żeby dosięgnąć berła, Ida musiała się mocno wychylić. Zbyt mocno! Straciła równowagę i wpadła do zapadni. Opadała razem z kamienną płytą do ciemnej otchłani.

– Ratunku! Alik!!!

– Jestem!

Ida poczuła, że Alik chwyta jej stopy, próbując wydobyć ją z pułapki. Ciągnął z całej siły. Po chwili Idalia znalazła się na powierzchni białej płyty. Berło trzymała w ręce.

– Udało się… – odetchnęła z ulgą. – Ale musimy uważać. – Wstała. – Chodźmy.

Przedostali się przez salę bez dalszych przygód. Dalej był hol z trojgiem drzwi. Pierwsze miały kolor zielony, drugie czerwony, a ostatnie drzwi pomalowano na czarno.

Patrzyli niepewnie.

– Alik, pamiętasz, którymi drzwiami mieliśmy przejść?

– Chyba zielonymi.

– Mnie się zdaje, że czerwonymi – powiedziała Ida. – Ale nie pamiętam dokładnie...

– Raczej zielonymi... Na przejściu dla pieszych czerwone oznacza „stój", a zielone „idź".

– Ale tutaj może być odwrotnie. Wiesz... zmyłka.

Patrzyli niepewnie na drzwi. Nie wiedzieli, co zrobić.

W końcu Alik powiedział:

– Po prostu musimy to sprawdzić. Spróbujmy najpierw zielonych drzwi. Chodź!

Ostrożnie otworzyli szmaragdowe wrota. Zobaczyli dużą salę. Podłoga i ściany były wyłożone zielonymi kaflami. Sufit podpierały metalowe kolumny w kształcie łap krokodyla. Po przeciwnej stronie sterczały ze ściany kamienne głowy ryb. Z oczu największej ryby wychodziły promienie zielonego światła. Przeszywały salę jak laserowe włócznie.

– Alik… Po drugiej stronie nie ma drzwi – szepnęła Ida. – Jak stąd wyjdziemy?

– Trzeba obejrzeć te kamienne ryby. Może w nich jest ukryte wyjście?

– Nie podoba mi się to miejsce.

– Ale za zielonymi drzwiami chyba nie miało być pułapek… – powiedział niepewnie Alik.

– Chyba…

– Trudno. Musimy iść.

Ruszyli na drugą stronę sali. Stąpali ostrożnie, bojąc się uruchomić kolejną zapadnię. Zanim postawili stopę, dotykali lekko podłogi czubkiem buta. Dotarli do zielonego promienia przecinającego wnętrze. Kiedy Alik przeszedł przez promień, światło drgnęło, a potem usłyszeli huk.

To zatrzasnęły się drzwi za nimi.

– Co się dzieje?! – zawołała Ida.

Rozglądali się niepewnie. Nagle coś zaczęło szumieć i z paszczy ryb trysnęła woda. Prawdziwy wodospad! Woda lała się w takiej ilości, że po chwili sięgała dzieciom do kolan. I wciąż jej przybywało.

– Uciekajmy stąd! – krzyknął Alik.

Popędzili z powrotem do drzwi, którymi tu weszli. Były zamknięte. Idalia uniosła berło i zawołała:

– Drzwi! Otwórzcie się.

Wrota nawet nie drgnęły.

– Alik! Czemu one się nie otwierają?!

– Bo od tej strony nie ma klamki!

– Ale była z drugiej strony.

– Magia działa na to, co widać. Nie otworzysz tych drzwi…

– Co robić?

Woda lała się nieustannie. Było jej coraz więcej. Wypełniała salę, sięgając dzieciom już do pasa.

– Włazimy na kolumnę! – krzyknął Alik. – Szybko!

Wdrapali się na słup podpierający sufit. Wody było coraz więcej. Wspinali się coraz wyżej, ale woda także się podnosiła.

– Jeśli sięgnie do sufitu, to utoniemy! – jęknęła Ida.

Nie wiedzieli, co zrobić. Nagle Alik opuścił rękaw bluzy i krzyknął:

– Daj mi berło!

Ida podała mu je. Chłopak skierował berło w dół i zawołał:

– Wodo, zamarznij! Rozkazuję! Zmień się w lód!

Usłyszeli dziwny dźwięk, jakby ktoś uderzył w blachę. A potem woda błyskawicznie zamarzła. W sekundę sala zmieniła się w wielkie lodowisko! Zamarzły także strumienie tryskające z kamiennych ryb. Zapadła cisza i zrobiło się okropnie zimno.

Alik i Idalia zsunęli się z kolumny na lód. Był gruby, woda zamarzła aż do podłogi.

Ruszyli na drugą stronę sali. Wywracali się co chwila, bo lód był bardzo śliski. Trzęśli się z zimna.

Dotarli do głów kamiennych ryb. Zwisały z nich wielkie sople, jak lodowe języki. Jedna z głów była ogromna, przypominała paszczę rekina. Ida zajrzała do środka. Wewnątrz ryby był tunel z zielonym światłem na końcu.

– Chyba musimy tam wejść.

Innej drogi nie było. Jeśli nie chcieli zamarznąć, musieli wejść do kamiennej paszczy.

Pierwszy wpełzł do niej Alik, za nim Ida. Na czworakach brnęli po lodzie pokrywającym dno tunelu. Na szczęście nie był zbyt długi. Po krótkiej wędrówce dotarli do okrągłego wylotu. Za nim była jakaś duża przestrzeń. Coś tam warczało.

– Co to za dźwięk? – spytała cicho Idalia.

– Wyjdę i sprawdzę – szepnął Alik.

– Idę z tobą.

Oboje wyczołgali się z otworu. Znaleźli się w sześciokątnej sali. W środku były ruchome schody, które jechały w dół. To one tak warczały.

Podeszli i spojrzeli niepewnie. Schody były bardzo długie i jechały powoli w ciemność. Nie było wiadomo, co jest na ich końcu.

– Jesteśmy na dobrej drodze! – zawołał Alik. – Według planu ruchomymi schodami można dojechać do głównego korytarza.

– A pułapki tu są?

– Tak. Obok schodów była namalowana trupia czaszka. To znaczy, że jest tu pułapka.

– Jaka?

– Pamiętam tylko ostrzeżenie: NIE STĄPAJ PO PŁOMIENIU.

– Tak! Przypominam sobie… Był namalowany płomień… Ale co to może znaczyć? Tutaj nic się nie pali…

Spojrzeli uważnie na ruchome schody. Były zwykłe, metalowe. Nic strasznego w nich nie było.

– Okej. Jedziemy.

Ida i Alik weszli na schody. Stanęli oboje na tym samym stopniu. Wcześniej sprawdzili, czy nie ma tam jakiegoś znaku. Niczego nie było.

Schody jechały w dół bardzo powoli.

– Ale się wloką – mruknął Alik.

– Wydajmy rozkaz, żeby przyspieszyły – zaproponowała Idalia.

– Lepiej nie, bo będzie jakiś wypadek.

– No to możemy po prostu schodzić. Tak będzie szybciej.

Zaczęli iść w dół po ruchomych schodach. Nagle Ida zawołała:

– Alik, stój!

– Co się stało?

– Na tym stopniu coś jest... Tam gdzie stoisz.

Alik uniósł stopę. Zobaczył narysowany na metalu czerwony znak. Przypominał płomień.

Chłopiec szybko cofnął się na wyższy stopień, ale było już za późno. Coś zgrzytnęło i schody zaczęły się poruszać szybciej. Jednocześnie pod sufitem pojawiło się czerwone światło. Z góry zaczęły zjeżdżać jakieś łańcuchy. Wisiały na nich płonące pochodnie! Zatrzymały się tuż nad stopniami. Schody jechały prosto w płomienie!

– Schody, stop! – krzyknął Alik. – Zatrzymajcie się! Rozkazuję!

Lecz ruchome schody nie zatrzymały się. Ich mechanizm był ukryty i nie reagował na rozkazy.

– Uciekajmy!

Ida i Alik zaczęli biec w górę, „pod prąd" jadących w dół schodów. Lecz one poruszały się teraz bardzo szybko. Choć wspinali się najprędzej, jak mogli, stali ciągle w tym samym miejscu. Po paru minutach zmęczyli się biegiem i zatrzymali się. Natychmiast zaczęli zjeżdżać w dół. Płonące wahadła były coraz bliżej. Pochodnie kołysały się tuż nad schodami, zamiatając stopnie jak ogniowe miotły. Płomienie syczały i sypały iskrami. Jeszcze kilka metrów i wjadą między nie!

Wtedy Ida opuściła rękaw bluzy i porwała berło.

– Alik, nabierz powietrza! – krzyknęła. – I teraz nie oddychaj!

Skierowała berło na pochodnie i zawołała:

– Niech tlen stąd odfrunie!!!

Poczuli na policzkach wiatr, a powietrze zaczęło jakoś dziwnie pachnieć. Jednocześnie wszystkie pochodnie zgasły. Ogień zniknął.

Schody wjechały w kłęby dymu i dzieci przestały cokolwiek widzieć. Zaczynało im brakować powietrza, ale wiedziały, że nie mogą odetchnąć, bo nie ma tutaj tlenu. Po chwili ruchome schody dotarły do jakiegoś pomieszczenia.

Zeskoczyli ze stopni. Podbiegli do drzwi. Pchnęli je i weszli do długiego korytarza.

Odetchnęli głęboko. Na szczęście tutaj był tlen!

– Ida! Miałaś super pomysł! – powiedział Alik. – Jak to wymyśliłaś?

– Przypomniałam sobie, jak w szkole byli strażacy i uczyli nas, co robić w razie pożaru. Mówili, żeby nie otwierać okien, bo bez tlenu ogień gaśnie.

– Szkoła… – westchnął Alik. – Ciekawe, czy kiedyś tam wrócimy…

– Wrócimy. Chodź! Musimy iść.

Dzieci ruszyły korytarzem. Prowadził do wysokich rzeźbionych drzwi. Były zamknięte, ale klamka i zamek były widoczne.

– Drzwi! Otwierać się! – rozkazała Ida.

Wielkie wrota powoli się otworzyły. Zobaczyli niebo i słońce. Wybiegli.

Znaleźli się na dziedzińcu przed twierdzą. Świeciło słońce, wiał łagodny, ciepły wiatr. Śpiewały ptaki.

Byli wolni.

– Udało się! – zawołała Ida. – Uciekliśmy z tej okropnej twierdzy! Udało się!!!

– Jeszcze nie – powiedział Alik. – Musimy przejść przez ten most.

Pod murami twierdzy płynęła rzeka, która dalej wpadała do morza. Woda płynęła szybko, szumiąc groźnie. Nad rzeką był przerzucony żelazny most.

– Pamiętam, że na tym moście była ostatnia pułapka – powiedział Alik.

– Co? – jęknęła Ida. – Jeszcze jakaś przeklęta pułapka?

– Tak.

– Jaka?

– Nie wiem. Ale pamiętam, że był napis: IDŹ PO WILKU.

– Po jakim znowu wilku?

– Trzeba sprawdzić…

Podeszli do mostu i obejrzeli go uważnie.

– Już wiem – powiedział Alik. – Zobacz, na tych poręczach są wyrzeźbione wilki. To znaczy, że musimy iść po poręczy.

Rzeczywiście, poręcze mostu były odlane z żelaza i co jakiś czas była na nich umieszczona postać siedzącego wilka.

– Co?! – zawołała Ida. – Mamy iść po poręczach? Nie damy rady! Przecież one są za wąskie! Spadniemy do rzeki! A zobacz, jak ona szybko płynie! Utopimy się!

– Chyba nie ma innego wyjścia.

– Czekaj – powiedziała Ida. – Sprawdzę, czy na tym moście naprawdę są pułapki.

Podniosła z ziemi kamień i rzuciła go na środek mostu. TRACH. Miejsce, na które spadł kamień, zadrżało, a potem fragment mostu runął do wody.

– O rany… Dobrze, że nas tam nie było – westchnęła Ida.

– No to wszystko jasne – powiedział Alik. – Ten most jest pułapką. Czyli musimy iść po tych przeklętych poręczach.

– Po tej samej czy każdy po innej?

– Lepiej pójdziemy razem. Będziemy sobie pomagać. Tylko zdejmijmy buty.

– Po co?

– Tak łatwiej iść – powiedział Alik. – Akrobaci w cyrku chodzą po linie na bosaka. Ja pójdę pierwszy.

Chwycił berło i wskoczył na poręcz mostu. Dziewczynka wspięła się za nim i oboje zaczęli iść po wąskiej balustradzie.

Szli powoli, ostrożnie stawiając stopy na śliskim metalu. Pod nimi płynęła rzeka. Spieniona woda rwała szybko, hucząc między skałami. Zaczął wiać wiatr od morza. Porywy były mocne. Chwiali się, a każdy krok groził upadkiem.

Alik podniósł berło.

– Niech wiatr przestanie wiać! – zawołał.

Natychmiast się uciszyło. Wiatr przestał dmuchać. Teraz szło się łatwiej, ale nadal było to strasznie niebezpieczne. Ida spojrzała w dół na spienioną wodę huczącą pod mostem.

Zakręciło jej się w głowie, więc szybko odwróciła wzrok. I wtedy zobaczyła coś na poręczy, niedaleko za swoją nogą. Było czarne z czerwonym znakiem. Poruszało się…

– Pająk! – wrzasnęła Ida.

Alik odwrócił się w jej stronę.

– Co?!

– Tam jest czarna wdowa!!! Idzie do nas.

Teraz Alik też zauważył pająka skradającego się po poręczy. Był to ostatni z jadowitych potworów, które wyszły z pajęczej bomby. Widocznie cały czas skradał się za dziećmi! I zaatakował je w miejscu, gdzie nie mogły uciec.

Pająk poruszał się szybciej niż dzieci. Zbliżał się do bosych stóp Idy.

– Alik… Zrób coś z nim!

Chłopak skierował berło w stronę pająka.

– Spadaj! – krzyknął.

I wtedy zdarzyło się nieszczęście. Zamiast pająka rozkaz dotknął Idalii, która stała bliżej! Dziewczynka krzyknęła i spadła z balustrady.

Alik chciał ją złapać i wtedy sam runął do rzeki. Spadając, wypuścił z ręki berło. Magiczny przedmiot wpadł do wody i popłynął z prądem. Nie było sposobu, by go dogonić.

Ida i Alik, porwani przez nurt rzeki, musieli walczyć o życie. Miotali się w spienionej wodzie, próbując utrzymać się na powierzchni. Po kilku minutach poczuli, że woda ma słony smak. Rzeka zaniosła ich do morza. Obok ujścia stał kamienny falochron.

Dzieci popłynęły tam, resztkami sił docierając do pomostu. Wspięły się na niego i położyły na rozgrzanych od słońca kamieniach. Ociekały wodą i były potwornie zmęczone. W głowach wciąż wirowały im obrazy ucieczki i strasznych pułapek.

Długo leżeli w milczeniu. Wreszcie Ida uniosła głowę i spytała:

– Alik… Gdzie jest berło?

– Zgubiłem je, kiedy wpadłem do wody – odpowiedział ponuro chłopak. – Wleciało do rzeki i popłynęło. Już go nie znajdziemy. Nigdy!

– To bardzo źle…

– Wiem.

– Nie martw się. Jakoś sobie poradzimy… – Ida usiadła obok chłopca. – Powiedz mi, w jaki sposób pokonałeś tych bandziorów? I o co chodzi z tym robotem?

Alik opowiedział o walce z porywaczami i o strasznym monstrum, które musiał stworzyć.

– Jesteś pewny, że wszyscy bandyci skamienieli? – spytała Idalia.

– Mam nadzieję, że tak. Ale nie wiem, czy któryś się nie ukrył.

Spojrzeli na twierdzę stojącą na skale wysoko nad nimi. W oknach ani na murach nikogo nie było widać. Ale możliwe, że jakiś bandzior ukrywał się w twierdzy, obawiając się berła. Nie wiedzieli też, gdzie jest straszny robot.

– Lepiej stąd uciekajmy – powiedziała Idalia.

– Ale jak?

– Może uda się uruchomić tę łódź.

Przy falochronie była zacumowana duża motorówka. Odwiązali linę i weszli do łodzi.

– Jak się włącza silnik? – zastanawiała się Ida.

– Pamiętam, że na filmach ciągnęli jakąś linkę – powiedział Alik.

– Tu coś jest! – Ida wskazała metalową linę obok motoru.

Pociągnęli ją razem. Żadnego efektu. Szarpnęli ponownie. Jeszcze raz. Wreszcie silnik się włączył i zaczął potężnie huczeć.

Ida odepchnęła motorówkę od pomostu. Alik usiadł za sterem. Niepewnie przesunął czerwony drążek. Śruba zaczęła wirować i motorówka skoczyła do przodu. Płynęła naprawdę szybko.

– Nie tak prędko, bo się rozwalimy! – zawołała Ida.

– Spokojnie, dopiero się uczę!

Alik lekko przyciągnął drążek. Motorówka zwolniła. Kiedy oddalili się od brzegu, fale zaczęły mocno kołysać łodzią.

– Mam nadzieję, że się nie wywrócimy – powiedział Alik. – Bo nie damy rady dopłynąć do brzegu.

– Tu są kamizelki ratunkowe. – Idalia podniosła z podłogi dwie pomarańczowe kamizelki. – Lepiej je załóżmy.

Podała Alikowi jedną kamizelkę, sama założyła drugą.

– Dokąd płyniemy? – spytała.

– Powinniśmy uciec jak najdalej od twierdzy. Potem musimy znaleźć jakichś ludzi, żeby nam pomogli.

– Najlepiej policję. – Ida spojrzała w stronę brzegu. – Tylko tu nie widać żadnych domów. Jakieś bezludzie…

– Musimy opłynąć ten półwysep! – zawołał Alik, przekrzykując huk silnika. – Może za nim będzie jakaś miejscowość…

Twierdza, w której byli uwięzieni, znajdowała nad zatoką. Po jej obu stronach wysuwały się w morze skaliste cyple. Żeby zobaczyć, co jest dalej, musieli odpłynąć daleko od brzegu.

Było późne popołudnie. Słońce już zachodziło.

– Trzeba się pospieszyć – powiedziała Ida. – Bo zaraz zrobi się ciemno.

Alik pchnął drążek i motorówka zaczęła płynąć szybciej.

Alikowi podobało się kierowanie motorówką. Mimo że byli w niebezpiecznej sytuacji, śmiał się i krzyczał, kiedy łódź podskakiwała na falach.

– Ja też chcę trochę sterować! – zawołała Ida.

– Za chwilę.

– Ty już długo kierujesz. Teraz ja chcę.

– No dobra…

Alik przesiadł się na fotel pasażera, a Ida złapała koło sterowe. Zaskoczyło ją, że „kierownica" się szarpie i wyrywa z rąk. Musiała ją mocno trzymać, żeby motorówka nie płynęła slalomem.

Słońce zaszło, skrywając się za wysokim skalistym brzegiem. Zrobiło się ciemno, morze stało się granatowe i wyglądało groźnie.

Idalia się bała, że w ciemnościach łódź wpadnie na jakąś skałę, więc zmniejszyła obroty silnika. Motorówka zaczęła płynąć wolniej.

– Alik, nie wytłumaczyłeś mi, co się stało z robotem…

– Uciekł.

– Ale dlaczego? Czemu nie słuchał tamtych bandziorów?

– Bo ja po cichu powiedziałem, żeby robot nie słuchał niczyich rozkazów.

– Żeby nie słuchał rozkazów?

– Tak. Myślałem, że on wtedy nie będzie działać. Ale on wyrwał się spod kontroli i uciekł.

– Mogłeś powiedzieć, żeby słuchał tylko naszych rozkazów.

– Teraz to wiem. Ale wtedy byłem strasznie zdenerwowany… Bałem się o ciebie. Oni mogli zdetonować pajęczą bombę.

– Dzięki, że mnie uratowałeś. Ale tego robota trzeba zlikwidować.

– Bez berła nie mamy czym walczyć.

– Ktoś będzie musiał nam pomóc.

– Najpierw trzeba dotrzeć do jakichś ludzi. Płyń szybciej!

Idalia pchnęła drążek. Silnik warknął i dziób motorówki się uniósł. Łódź zaczęła szybciej przecinać fale. Na szczęście zza chmur wyszedł księżyc i zrobiło się jaśniej.

Po kwadransie wypłynęli poza skalisty cypel. Wtedy zobaczyli daleko na brzegu światła.

– Tam są jakieś domy! – zawołała Ida.

Obróciła koło sterowe, by ruszyć w stronę świateł. W tej chwili silnik się zakrztusił i przestał pracować. Motorówka się zatrzymała. Zapadła cisza.

– Co się stało? – spytał Alik.

– Nie wiem. Motor nie działa.

Spróbowali go uruchomić. Ciągnęli wiele razy linkę startera. Bez skutku. Silnik rzęził i zaraz się wyłączał.

– Już wiem – jęknął Alik. – Skończyła się benzyna. Zobacz! Wskaźnik pokazuje zero.

– No to mamy problem…

– Może są tu wiosła?

Przeszukali motorówkę, ale nie znaleźli wioseł.

– Spróbujemy wiosłować rękoma – zaproponowała Ida.

Usiedli po dwóch stronach łódki i zaczęli machać dłońmi w wodzie. Ochlapali się tylko, a ciężka łódź nie przybliżyła się nawet o metr do brzegu. Wręcz przeciwnie, wiatr spychał ich coraz dalej w morze.

Zmęczeni przestali „wiosłować” i rozglądali się niepewnie. Księżyc oświetlał wodę ponurym niebieskim światłem. Do brzegu było bardzo daleko.

– Co teraz zrobimy? – spytał cicho Alik.

– Chyba pójdziemy spać – powiedziała Ida. – Może rano ktoś nas zauważy i uratuje.

– A jeżeli przyjdzie sztorm i fale wywrócą łódź?

– Na razie morze jest spokojnie. Zresztą nic nie możemy zrobić.

W motorówce nie było kabiny, więc Alik i Ida położyli się na podłodze. Wcześniej zdjęli kamizelki ratunkowe, bo niewygodnie było w nich leżeć. Byli tak zmęczeni, że choć było im twardo i zimno, wkrótce oboje zasnęli.

O północy Idę zbudziło silne kołysanie łodzi. Podniosła się i rozejrzała.

Przez morze przebiegały wysokie fale. Były naprawdę ogromne. Unosiły wysoko motorówkę i zalewały ją słoną wodą. Wiał gwałtowny wiatr. Po niebie płynęły chmury, zasłaniając co chwila księżyc. Z daleka dochodziło głuche dudnienie grzmotów.

– Alik, obudź się! – zawołała Ida.

Chłopiec otworzył oczy.

– Co... Co się stało?

– Nadchodzi burza! Są straszne fale!

Alik zerwał się. Patrzyli oboje ze strachem na wzburzone morze, które kołysało łodzią. Fale były coraz większe. Nagle ciemność rozjaśniła błyskawica i usłyszeli grzmot. Potem następny, bliższy. Zaczął padać deszcz, a błyskawice przecinały niebo co kilka sekund.

– Załóżmy kamizelki! – zawołała Ida.

Zaczęli szybko wkładać kamizelki ratunkowe. Wiatr wył, a ogromne fale coraz mocniej miotały łódką. Kiedy błyskawice rozświetlały mrok, morze przypominało wielkiego potwora, który rzuca się na nich. Huk grzmotów dudnił nieustająco.

Nagle wielka fala, większa od innych, uderzyła w bok łodzi. Cios był tak straszny, że motorówka wywróciła się do góry dnem. Ida i Alik wpadli do wody.

– Ratunku!!!

Dzieci próbowały złapać burtę przewróconej łódki, jednak fale ją odepchnęły. Kamizelki ratowały przed zatonięciem, ale woda zalewała ich co chwila. Alik i Ida zdołali chwycić się za ręce i razem unosili się na olbrzymich falach. W górę i w dół, jak na upiornej huśtawce.

– Uratujemy się! – szeptała błagalnie Ida. – Uratujemy…

Sytuacja była przerażająca. Dwoje dzieci pływało samotnie w morzu podczas straszliwej burzy.

Ida i Alik trzymali się za ręce z całych sił. Wiedzieli, że jeśli fale ich rozdzielą, nie zdołają już do siebie dopłynąć. Woda była bardzo słona. Gdy fale ich zalewały, sól dostawała się do oczu.

Wreszcie burza zaczęła słabnąć. Błyskawice przestały przecinać niebo, a fale się uspokoiły. Woda znów zaczęła łagodnie kołysać dzieci.

Księżyc wyszedł zza chmur, oświetlając wodę.

Ida i Alik otarli oczy i rozejrzeli się. Sztorm odepchnął ich daleko w morze. Brzegu zupełnie nie było widać. Nie zobaczyli też motorówki. Albo zatonęła, albo została rozbita przez fale.

Byli zupełnie sami na pustym morzu. Mimo że woda była dość ciepła, pływające od wielu godzin dzieci drżały z zimna.

– Co teraz będzie? – jęknęła Idalia.

– Może ktoś nas znajdzie…

– Kto? Nie widać żadnego statku.

Wpatrywali się ze strachem w bezkresne morze.

Nagle Idalia zobaczyła na niebie jakiś punkt. Miał niebieski kolor i poruszał się. Zbliżał się do dzieci.

– Alik! Widzisz to? Tam, na niebie. Wyżej!

Chłopiec podniósł głowę i ujrzał błękitną plamkę, która powoli się powiększała.

– Co to jest?

– Wygląda jak księżyc.

– Niemożliwe. Księżyc jest za nami.

Wpatrywali się w dziwny obiekt.

Nagle Alik krzyknął:

– To dra-kula! Dra-kula!!! Oni tu lecą. Uratują nas!!!

Nie było już wątpliwości. W ich stronę leciała dra-kula! Wyglądała na niebie jak gwiazda albo cudowna bańka mydlana. Pojazd się zbliżał.

Lecz dra-kula leciała na wysokości kilkuset metrów. Wcale nie było pewne, czy Kuki i reszta zauważą małe postacie unoszące się w wodzie. Przecież nie wiedzieli, że oni pływają w morzu.

– Musimy dać im znak! – zawołał Alik.

– W jaki sposób? – spytała Ida.

– W kamizelkach ratunkowych są czasem latarki.

Zaczęli pospiesznie oglądać kamizelki. Niestety latarek nie było. Znaleźli tylko małe gwizdki na sznurkach. Wyciągnęli je i gwizdali jak szaleni. Bez skutku. Dra-kula poruszała się zbyt wysoko, by przyjaciele mogli ich usłyszeć.

Pojazd przeleciał nad nimi i pofrunął dalej, w stronę lądu.

Ida i Alik zaczęli rozpaczliwie krzyczeć:

– Stójcie! My tu jesteśmy! Ratujcie nas!!!

Wydzierali się, dopóki nie zakrztusili się wodą. Lecz na dużej wysokości nikt nie mógł ich usłyszeć. Dzieci z rozpaczą patrzyły, jak dra-kula się oddala, a potem, wiele kilometrów dalej, zastyga. Widocznie Kuki i reszta dolecieli do brzegu i zastanawiali się, gdzie wylądować. Ale nie było szans, by do nich wrócili. Przecież nie wiedzieli, że oni tu są!

Ida i Alik zupełnie się załamali. Stracili resztkę energii i bezradnie kołysali się na falach.

I wtedy Alik dostrzegł coś w morzu. Kilkadziesiąt metrów od nich, tuż pod powierzchnią wody unosiło się coś świecącego.

– Ida... – szepnął. – Widzę jakieś światło. Tam!

Idalia z trudem odwróciła głowę i też dostrzegła świecący punkt.

– Jak myślisz, co to jest? – spytał Alik.

– Nie wiem...

– Podpłyńmy sprawdzić.

– Nie mam już siły – wyszeptała Ida. Była tak zmarznięta, że nie mogła poruszać rękami.

– Ja sam popłynę.

Alik ruszył w stronę świecącego punktu.

Fale łagodnie kołysały światełko, które czasem znikało pod wodą, a po chwili znów się wyłaniało. Alik pomyślał, że to mogą być oczy morskiego drapieżnika. Rekina albo ośmiornicy. Zawahał się na chwilę, ale potem znów zaczął płynąć w stronę światła. Kiedy był kilka metrów od niego, fala uniosła światło wyżej. Wtedy chłopiec krzyknął przeraźliwie:

– Berło! To jest berło!!! Ida, tutaj jest berło!

Ruszył w stronę magicznego przedmiotu. Zapomniał o zmęczeniu i płynął jak szalony. Kiedy znalazł się obok berła, opuścił rękaw i chwycił je. W tej chwili dopłynęła Ida.

– Zobacz! – krzyczał Alik. – Mamy berło! Jesteśmy uratowani!!!

Oboje odzyskali siły. Widok magicznego przedmiotu przywrócił im nadzieję.

– Alik, jaki wydamy rozkaz?!

– Ja wiem.

Alik skierował berło w stronę błękitnego punktu widocznego daleko nad brzegiem.

– Niech dra-kula do nas wróci! – zawołał. – Niech przyleci tutaj! Rozkazuję!

W kabinie dra-kuli Blubek, Kuki, Gabi i Budyń zastanawiali się, gdzie wylądować i jak odszukać porwanych przyjaciół. Nagle pojazd drgnął, a potem sam ruszył w stronę morza.

– Co się dzieje?! – krzyknął Kuki.

Blubek rzucił się do sterownika. Szarpał go, próbując zatrzymać dra-kulę. Ale pojazd uparcie leciał w kierunku morza, jak przyciągany magnesem.

– Ktoś nami manipuluje! – krzyczał przerażony Blubek. – Nie mogę zatrzymać dra-kuli! Coś ciągnie nas do wody!

Kuki, Gabi i Budyń rzucili się do okna. Patrzyli w wodę, która zbliżała się do nich błyskawicznie. Byli pewni, że jakaś tajemna siła chce ich utopić.

– Blubek! – wrzeszczeli. – Daj wsteczny ciąg! Włącz turbo!!!

– Nie mogę! Sterowanie nie działa! Ktoś przejął kontrolę nad pojazdem!!!

Dra-kula oddalała się od brzegu i leciała coraz niżej. Nagle Budyń coś zauważył. Przycisnął pyszczek do szyby okna i krzyknął:

– Zobaczcie! Tam ktoś jest! W wodzie!

– Blubek, włącz światła! – zawołał Kuki.

Reflektory dra-kuli oświetliły morze. Zobaczyli unoszące się w wodzie dzieci.

– To oni!!! To Ida i Alik!

Dra-kula zwolniła, a potem zatrzymała się tuż nad dziećmi. Kuki błyskawicznie otworzył właz.

– Ratujcie nas!!! – krzyczeli Alik i Ida.

Gabi rzuciła linę, tę samą, którą kiedyś związali Alika. Rozbitkowie ją złapali (Alik jedną ręką, bo w drugiej trzymał berło). Kuki wciągnął ich kolejno do pojazdu.

Ida i Alik padli na fotele, półżywi ze zmęczenia. Gabi natychmiast okryła ich kocami.

Byli ocaleni.

Dra-kula leciała powoli pod niebem pełnym gwiazd. Blubek starał się prowadzić pojazd ostrożnie, by wstrząsy nie zbudziły Alika i Idy. Oboje, kompletnie wyczerpani, spali w fotelach. Wcześniej zdążyli opowiedzieć o narodzinach straszliwego robota, ale na więcej nie mieli sił. Po prostu w połowie opowieści zasnęli.

Kuki zdecydował, że muszą zostać w tej okolicy, zanim się nie wyjaśni, o co chodzi z tym robotem. Zresztą musieli doładować baterie w dra-kuli.

– Gdzie mam wylądować? – spytał Blubek.

– W jakimś pustym miejscu. Rozbijemy tam namiot.

– Nie! – zaprotestowała Gabi. – Oni nie mogą spać w namiocie. Są strasznie wyziębieni. Muszą się położyć do normalnych łóżek. Trzeba znaleźć jakiś dom albo hotel.

– Przecież nie mamy forsy na hotel.

– Ale mamy berło.

– Po prawej widzę jakieś światła! – zawołał Budyń.

Rzeczywiście nad brzegiem morza świeciły się latarnie. Były tam jakieś budynki.

– Leć tam, Blubek, sprawdzimy, co to jest – zdecydował Kuki.

Kiedy dra-kula się zbliżyła, zobaczyli duży park, a w nim baseny i zjeżdżalnie.

– To aquapark – powiedziała Gabi, patrząca przez lornetkę. – Jest nieczynny. Możemy tam wylądować.

– Skąd wiesz, że jest nieczynny? – spytał Kuki.

– Jest billboard: OTWARCIE AQUAPARKU 1 CZERWCA.

– Dobra, lądujmy. Może znajdziemy tam jakieś miejsce do spania.

– Na pewno będą ochroniarze – mruknął Blubek.

– Spacyfikujemy ich.

Dra-kula wylądowała na trawniku obok dużego basenu. Kuki otworzył właz i ostrożnie wyjrzał. Nad basenem wisiał świetlny napis: AQUAPARK BAMBINI – LUNA. Ochroniarzy na razie nie było widać.

– Gdzie będziemy tu spać, szefie? – zastanawiał się Budyń. – W basenie?

– Trzeba się rozejrzeć.

– Zmniejszamy dra-kulę? – spytał Blubek.

– Tak. Przecież musimy ją zabrać ze sobą – powiedział Kuki.

– To trzeba ich obudzić.

Gabi pochyliła się nad śpiącymi.

– Hej! Alik... Ida! Obudźcie się!

Dzieci otworzyły oczy, ziewały i rozglądały się nieprzytomnie.

– Gdzie jesteśmy? – spytała Ida.

– W jakimś aquaparku – powiedziała Gabi. – Poszukamy tu noclegu. Chodźcie.

Wysiedli z dra-kuli i zmniejszyli pojazd.

– Budyń, czujesz jakieś niebezpieczeństwo? – spytał Kuki.

– Na razie nie…

Kuki na wszelki wypadek założył rękawiczkę i wziął berło.

– Idziemy.

Ruszyli przez park. Była noc, ale latarnie w kształcie kul oświetlały jasno teren. Ida i Alik szli, na wpół śpiąc, ziewali co chwila. Reszta się rozglądała, podziwiając niesamowite baseny i wodne atrakcje.

– Zobaczcie, jaka super zjeżdżalnia! – zawołała Gabi.

Nad aquaparkiem unosiła się przeźroczysta rura. Zaczynała się na wysokiej wieży i biegła nad całym parkiem. Była to najdłuższa zjeżdżalnia, jaką widzieli w życiu.

– Niesamowita! – powiedziała Gabi. – Warto by się nią przejechać.

– Lepiej nie – mruknął Blubek.

– Czemu?

– Bo lądowanie byłoby trochę nieprzyjemne. W basenie nie ma wody!

Faktycznie, do wielkiego basenu, przy którym kończyła się zjeżdżalnia, nie napuszczono jeszcze wody.

Kuki rozglądał się po parku.

– Trzeba znaleźć jakieś miejsce do spania.

– Może w tym niebieskim domku, szefie? Wygląda bardzo miło. – Budyń wskazał nosem pawilon z błękitnego szkła.

Podeszli i zajrzeli przez szyby. W środku był okrągły basen, a dookoła ustawiono plażowe łóżka. Leżały na nich stosy białych ręczników.

– Okej… Są łóżka – powiedział Blubek. – Możemy się tu przekimać.

Gabi pchnęła drzwi. Były zamknięte. Kuki skierował na nie berło.

– Otwierać się! – rozkazał.

Drzwi natychmiast się otworzyły i weszli do wnętrza. Kuki znalazł włącznik światła. TRZASK.

Zapaliły się reflektory podświetlające wodę w basenie i setki żaróweczek pod sufitem. Z głośników zabrzmiała cicha muzyka. Basen był zrobiony z niebieskiego szkła, a w środku tryskała fontanna. Na drugim końcu hali ustawiono wanny jacuzzi, w których bulgotała woda.

Zdjęli z ramion plecaki i usiedli na łóżkach.

– W aquaparku jeszcze nie kimaliśmy – ziewnął Blubek i położył się wygodnie.

– Jestem strasznie głodny – powiedział Kuki.

– Ja też – dodał szybko Budyń.

Gabi zaczęła wyjmować z plecaka zapasy zabrane z domu. Nie było tego wiele. Kilka wyschniętych bułek, dwa serki waniliowe, pomidory i kilka kiełbasek.

– Przydałoby się coś do picia – powiedział Blubek.

– Dla tych topielców najlepiej coś ciepłego – dodała Gabi.

– Widziałem po drodze automat z napojami – przypomniał sobie Kuki. – Pójdę sprawdzić, co tam jest.

– Nie mamy forsy.

– Ale mamy berło. Blubek, Budyń, chodźcie ze mną.

Wyszli z budynku i pobiegli w stronę małego sklepiku. Oczywiście był zamknięty, ale obok stały automaty sprzedające napoje, a także okulary i czepki do pływania. Herbaty nie było, lecz można było kupić gorącą czekoladę.

– Weźmiemy cztery soki i dwie pitne czekolady – zdecydował Kuki.

– Szefie, jak chcesz to zrobić? – spytał Budyń.

– Normalnie.

Kuki skierował berło na automat i głośno wypowiedział życzenie. Przez chwilę nic się nie działo, a potem z automatu zaczęły wypadać butelki z napojami, jedna po drugiej. Na końcu wysunęły się dwa kubki i napełniły się parującym napojem.

– Mamy szczęście, że w tym automacie jest szyba – powiedział Blubek.

– Czemu?

– Bo dzięki temu widać mechanizm. Inaczej maszyna nie słuchałaby rozkazu.

Ruszyli w stronę niebieskiego budynku, niosąc soki i kubki z gorącą czekoladą.

– Trochę głupio, że kradniemy – westchnął Kuki.

– Nie mamy wyjścia – powiedział Blubek. – Jak będziemy mieć forsę, to oddamy albo…

– Uwaga! – pisnął ostrzegawczo Budyń. – Coś tu jedzie…

Obejrzeli się. Drogą jechały dwa skutery. Siedzieli na nich ochroniarze. Krzyczeli coś w kierunku dzieci.

– Kuki, berło! – szepnął Blubek. – Szybko!

Kuki położył butelki na trawie, błyskawicznie założył rękawice i wyjął berło z plecaka.

Skierował je w stronę ochroniarzy. Nerwowo się zastanawiał, jaki wydać rozkaz. Musiał natychmiast coś wymyślić, bo skutery się zbliżały.

– Wracajcie do domu! – krzyknął Kuki. – I oglądajcie telewizję przez trzy dni bez przerwy! Rozkazuję!

Nie było to specjalnie mądre, ale nic innego nie zdołał wymyślić.

Ochroniarze błyskawicznie zawrócili skutery i odjechali.

– No to przez trzy dni mamy spokój – odetchnął z ulgą Kuki.

– Mam nadzieję, że w telewizji będzie coś ciekawego – zarechotał Blubek.

Wrócili do niebieskiego budynku. Dali kubki z czekoladą Alikowi i Idzie. Ci wypili po kilka łyków i prawie zaraz zasnęli. Gabi okryła ich śpiworami i dodatkowo stertą ręczników.

Reszta zjadła kolację, potem wyłączyli światło i też się położyli.

– Jak myślicie, o co może chodzić z tym robotem? – szepnął Blubek. – Alik mówił, że to jakiś megapotwór.

– Rano wszystkiego się od nich dowiemy – ziewnął Kuki.

– Mam nadzieję, że ten robot nie kręci się po okolicy.

– Nie gadajmy o tym, bo zaczniemy się bać – powiedziała Gabi. – Śpijmy.

Skulili się na leżakach i po chwili wszyscy spali.

Rankiem pierwszy obudził się Budyń. Przez szklaną ścianę wpadało słoneczne światło, migocząc w wodzie basenu. Kundelek ziewnął i podrapał się za uchem, a potem zeskoczył z leżaka.

– Cześć, Budyń – powiedział Kuki, który właśnie otworzył oczy.

Po chwili zbudzili się Blubek i Gabi. Potem spod sterty ręczników wysunęły się głowy Alika i Idy.

– Jak się czujecie, topielcy? – spytała Gabi.

– Mnie trochę boli głowa – westchnęła Ida.

– Ja mam katar – dodał Alik. – I boli mnie gardło.

– To znaczy, że na razie musicie leżeć w łóżkach.

Reszta dzieci wstała z leżaków (spało się na nich bardzo wygodnie). Wykąpali się w szklanych wannach jacuzzi. Ponieważ przywiezione zapasy już się skończyły, Kuki z Blubkiem poszli do sklepiku. Otworzyli drzwi za pomocą berła i wzięli różne rzeczy do jedzenia. Dokładnie zapisali, co zabierają, bo chcieli później oddać pieniądze.

Po śniadaniu urządzili naradę.

– Alik i Ida, opowiedzcie, co się z wami działo – powiedział Kuki.

– No więc – zaczął Alik – uśpili nas i porwali…

Na zmianę z Idą opowiedzieli o bandytach, tajemniczej twierdzy, o pajęczej bombie i potwornym robocie. Kuki, Gabi, Blubek i Budyń słuchali tego ze zdumieniem.

– Kim byli ci porywacze? – zapytał Kuki.

– Nie wiemy – powiedział Alik.

– My nawet nie wiemy, gdzie jesteśmy – dodała Ida. – Kiedy nas wieźli, byliśmy uśpieni.

– Jesteśmy w Kalabrii – powiedziała Gabi.

– Gdzie?! – zawołali Ida i Alik.

– To kraina na południu Włoch. Niedaleko jest słynne miasto Neapol.

– A ci bandyci? – zastanawiał się Kuki. – Kto to mógł być?

– Czekajcie, sprawdzę coś... – Blubek chwycił tablet i otworzył Wikipedię. – Słuchajcie, w Kalabrii jest słynna mafia! Gangsterzy, którzy popełniają przestępstwa na całym świecie. Porywają często ludzi. To mogli być oni!

– Ale po co gangsterom berło? – zapytał niepewnie Kuki.

– Żeby kraść – mruknął Blubek.

– A ten superrobot? Po co go stworzyli?

– Chyba żeby ich bronił przed policją.

– Nie – szepnął Alik. – Ten robot ma inne zadanie.

– Jakie?

– On ma pozbawić świat energii elektrycznej. Ma niszczyć elektrownie i pożerać prąd.

– Co?! – zawołali wszyscy. – Robot ma pożerać prąd? Po co?!

– Ten mafioso chciał, żeby wszyscy ludzie płacili mu haracz. Miliony! Gdyby nie zapłacili, to kazałby robotowi niszczyć elektrownie. Robot pozbawi wszystkie kraje prądu. I ludzie zginą.

Kuki się zerwał.

– To możliwe! – zawołał. – Jak nie ma elektryczności, wszystko przestaje działać. Telefony, szpitale, windy i pociągi. Nie ma światła ani internetu.

– Ani jedzenia! – pisnął Budyń. – Bo lodówki nie pracują!

– Jak nie będzie prądu, to cały świat zginie! – szepnęła przerażona Gabi. – To katastrofa większa niż trzęsienie ziemi.

– Przecież Alik załatwił tych bandziorów – uspokajał Blubek. – Oni już nie mogą niczego zrobić.

– Ale został robot! – zawołała Ida.

– Czy ten robot może działać samodzielnie? – spytał Kuki.

– Tak – powiedział Alik. – On jest autonomiczny. Został tak zaprogramowany, żeby pozbawić świat elektryczności! To jest cyfrowy wampir energetyczny.

– Czyli będzie rozwalać elektrownie! – zawołał Kuki.

– Albo wysysać prąd z przewodów! – krzyknęła Ida.

– Albo zrobi gigazwarcie! – pisnął Budyń.

– To jakiś koszmar – szepnęła pobladła Gabi. – Jak ten potwór ruszy do akcji, to będzie koniec świata!

– Spokojnie – powiedział Blubek. – Wojsko zaraz go złapie albo zniszczy rakietami. Przecież stalowego megapotwora wszyscy zauważą.

– Nie zauważą – szepnął Alik.

– Dlaczego?!

– Bo on może przybierać ludzką postać. Wtedy wygląda jak dziecko.

– Co?! – jęknął Kuki. – Robot wygląda jak dziecko?

– Tak. Potrafi się transformować w dziecko. Widziałem, jak się przeistaczał. Wyglądał jak chłopak w naszym wieku. Nikt nie pozna, że to robot.

– To znaczy, że wyprodukowałeś potwora, który zniszczy świat?! – wrzasnął Blubek. – I że nie da się go rozpoznać?

– Tak – odpowiedział ponuro Alik.

– To nie jego wina! – zawołała Ida. – Alik nie chciał tego zrobić. Zmusili go.

– Ale czemu ten robot wyrwał się spod kontroli?

– Bo ja po cichu powiedziałem, żeby nie słuchał niczyich rozkazów – westchnął Alik. – Myślałem, że wtedy przestanie działać. Ale on jest autonomiczny. Działa bez sterowania.

– Alik! Dlaczego nie rozkazałeś, żeby się po godzinie rozleciał?! – zapytał Budyń.

– Nie wpadłem na to. Byłem strasznie zdenerwowany. Miałem pięć sekund, żeby coś wymyślić… Oni mogli wysadzić pajęczą bombę i Ida by zginęła.

– A teraz zginiemy wszyscy! – krzyknął Blubek.

– Spokojnie! – powiedziała Gabi. – Ustalmy, co robimy.

Wstał Kuki.

– Posłuchajcie. Robot jest tak zaprogramowany, żeby pozbawić świat prądu. Więc chyba zacznie od zniszczenia najbliższej elektrowni. Musimy tam szybko polecieć i zaczaić się na drania.

– Może on już dawno tam jest i właśnie rozwala tę elektrownię – powiedział Alik.

Kuki pokręcił głową.

– Chyba nie. Jeśli robot przybiera postać dziecka, to znaczy, że porusza się jak człowiek. Czyli niezbyt szybko. Prawdopodobnie nie dotarł jeszcze do tej elektrowni. Dra-kulą będziemy tam szybciej.

– Chyba masz rację. – Blubek wskazał na żarówki oświetlające basen. – Prąd wciąż jest, to znaczy, że on jeszcze nie zaczął demolki.

– Sprawdź, gdzie jest najbliższa elektrownia – poprosił Kuki.

Blubek wyjął tablet i zaczął szukać informacji.

– Najbliżej jest elektrownia w miejscowości San Marco.

– Daleko stąd? – spytał Kuki.

– Pięćdziesiąt kilometrów.

– Lecimy tam! – zawołał Alik.

– Wy zostajecie – powiedział Kuki. – To znaczy ty i Idalia.

– Co?! – krzyknęli Ida i Alik. – Dlaczego mamy zostać?!

– Bo jesteście przeziębieni – powiedział Kuki. – Musicie leżeć w łóżkach przez kilka dni. Poza tym ta wyprawa jest ryzykowna. Robot może zaatakować dra-kulę promieniami albo rakietą. To będzie niebezpieczna walka. Nie możecie ryzykować.

– A wy możecie?! – spytał oburzony Alik.

– Jesteśmy od was starsi.

– I co z tego?! – zawołała Ida. – My walczyliśmy z olbrzymami. I wygraliśmy!

– Teraz jest o wiele bardziej niebezpiecznie. Możemy wszyscy zginąć. Jesteście za mali, żeby z nami lecieć. Musicie tu zostać i czekać na nas. Zostawiamy wam jedzenie i soki. Berło zabieramy. Blubek i Gabi, chodźcie.

– A ja, szefie? – spytał Budyń.

– Lecisz z nami.

Kuki, Gabi, Blubek i kundelek wyszli z budynku.

Ida i Alik byli tak oburzeni, że na chwilę ich zamurowało. Potem zerwali się z leżaków i popędzili do drzwi.

– Nie zostaniemy tu! – krzyczała Ida. – Chcemy lecieć z wami na wyprawę!

Kuki zamknął drzwi. Skierował berło na klamkę.

– Drzwi, macie być zamknięte przez jeden dzień! – rozkazał.

TRACH. Zamek w drzwiach się zablokował. Alik i Ida szarpali bezskutecznie klamkę.

– Nie wściekajcie się! – zawołał Kuki. – To naprawdę jest dla waszego dobra. Jeżeli nie wrócimy do jutra do wieczora, idźcie na policję. Opowiedzcie o robocie i o wszystkim, co się stało.

Kuki razem z Blubkiem i Gabi ruszyli na plac obok dużego basenu. Budyń zerknął jeszcze na dzieci stojące za szklanymi drzwiami. Pomachał im z żalem ogonkiem i pobiegł za Kukim.

Blubek powiększył dra-kulę. Czworo uczestników wyprawy wsiadło do pojazdu. Dra-kula uniosła się i poleciała na południe, znikając za chmurami.

Ida i Alik patrzyli na to przez szybę w drzwiach.

– Oni są wstrętni! – krzyknęła Ida. – Jak mogli nas zostawić?! To nie fair! Co z tego, że są starsi! My też potrafimy walczyć! Jestem wściekła! Wściekła!!!

– Ja też! – zawołał Alik i szarpnął ze złością klamkę.

Drzwi nawet nie drgnęły.

Dra-kula leciała na południe. Blubek utrzymywał pojazd na dużej wysokości, ponad chmurami, żeby robot ich nie wykrył i nie zaatakował.

– Idalii i Alikowi było bardzo przykro – powiedział Budyń.

– Wiem – westchnął Kuki. – Ale naprawdę nie mogliśmy ich zabrać. To będzie wojna z robotem. Oni są za mali, żeby iść na wojnę! Już i tak mieli ciężkie przygody. A w dodatku są przeziębieni!

– To prawda – westchnął kundelek. – Ale na pewno jest im smutno. I mnie trochę też, bo zawsze byli…

– Słuchajcie, widzę jakieś miasteczko – przerwał Blubek. – Może tam wylądujemy?

– Po co? – spytał Kuki. – Mamy lecieć do elektrowni.

– Wiem. Ale najpierw musimy zdobyć jakąś broń, żeby walczyć z robotem.

– Mamy berło – powiedziała Gabi.

– Alik mówił, że ten robot jest odporny na rozkazy berła – przypomniał Blubek.

– Nie wiadomo. Trzeba to sprawdzić.

– A ciekawe, co zrobimy, jak nas zaatakuje, a berło na niego nie zadziała?

– Co proponujesz? – spytał Kuki.

– Potrzebne jest coś do rozwalenia robota – powiedział Blubek. – Na przykład elektryczna piła i duża wiertarka. Albo spawarka. Coś, co go potnie na kawałki.

– Jak chcesz podejść do robota z tym sprzętem?! – zawołał Kuki. – To niewykonalne. Przecież on nas rozwali, zanim się zbliżymy.

– Wiem. Dlatego musimy mieć narzędzia latające i zdalnie sterowane.

– Latające wiertarki? Zwariowałeś, Blubek? Skąd weźmiemy takie coś?

– Zbudujemy.

Wylądowali na pustym wzgórzu obok miasteczka. Zmniejszyli dra-kulę i polną drogą zeszli do miejscowości.

Miasteczko było niewielkie, ale bardzo ładne, położone na kilku wzniesieniach. Uliczki biegły w górę i w dół. Stały przy nich kolorowe domy. Pełno było kawiarenek i pizzerii.

Podeszli do taksówki zaparkowanej obok baru. Spytali kierowcę o sklep z narzędziami. Skierował ich na sąsiednią ulicę. Stał tam niebieski pawilon z napisem: ITALIANA FERRAMENTA. Weszli do środka.

W sklepie było mnóstwo regałów, na których leżały elektryczne piły, wiertarki i tajemnicze urządzenia, których nie znali. Dalej były pojemniki pełne śrub, gwoździ i nitów. Obok leżały młoty i nożyce, które potrafiły przeciąć nawet ramę od roweru. Był też dział z samolotami i dronami dla modelarzy.

– Super sklep – powiedział Blubek, który uwielbiał takie miejsca.

Przy ladzie stało dwóch sprzedawców w niebieskich kombinezonach. Zerkali na dzieci i Budynia.

– Kuki. Musisz się ich jakoś pozbyć – szepnął Blubek.

– Ile czasu potrzebujesz na zrobienie tych maszyn?

– Nie wiem. Chyba godzinę. Albo lepiej dwie!

Kuki skierował berło na sprzedawców i powiedział:

– Sjesta! Śpijcie przez dwie godziny. Rozkazuję!

Obaj sprzedawcy osunęli się na krzesła i zaczęli chrapać.

– Okej. Bierzemy się do pracy.

Najpierw zablokowali za pomocą berła drzwi wejściowe. Powiesili za szybą kartkę z napisem: SKLEP ZAMKNIĘTY.

Budyń na wszelki wypadek został na straży obok drzwi. Dzieci wzięły sklepowy wózek i ruszyły wzdłuż regałów.

Według wskazówek Blubka wkładali do kosza elektryczne narzędzia. Wybierali tylko takie, które działały na baterie. Blubek dorzucił mnóstwo śrub i kółek zębatych. I klej Super Glue w gigantycznej tubie.

Wyładowany towarem wózek ważył chyba sto kilo. Ledwo go pchali. Blubek zabrał ich jeszcze do działu modelarskiego. Tam powybierał części dronów i nadajnik do zdalnego sterowania.

– No – wysapał. – Chyba mamy wszystko.

– Co ty chcesz zrobić z tym złomem? – jęknął Kuki, z trudem pchając wózek.

– Zaraz zobaczysz.

Blubek rozłożył wszystkie przedmioty na stole w dziale ogrodniczym. Wcisnął na dłonie gumowe rękawice.

– Dawaj berło! – powiedział.

Kuki podał mu magiczny przedmiot.

Blubek skierował berło na stos narzędzi i zawołał:

– Rozkazuję, by powstały NISZCZYCIELE ROBOTA! To znaczy latające wiertarki, bojowe piły i fruwające młoty oraz inne narzędzia, które mogą go zniszczyć. Mają działać na baterie i mieć zdalne sterowanie. Rozkazuję!

Narzędzia podskoczyły i same zaczęły się rozkładać na części. A potem te części łączyły się w coś zupełnie nowego. Zębate koła, śruby i nakrętki toczyły się po stole i wskakiwały na siebie. Piły cięły metal, spawarki go spawały, młoty wbijały nity. Śmigła dronów dołączały się do bojowych maszyn. Co jakiś czas włączały się wiertarki, robiąc otwory albo przykręcając wielkie śruby. Hałas był okropny.

Dzieci patrzyły na to zafascynowane.

– To wygląda jak w *Transformersach*! – szepnął Kuki.

Na oczach dzieci powstawało pięć niezwykłych konstrukcji. Wyglądało to niesamowicie, ale trwało długo, bo narzędzia pracowały powoli i systematycznie.

Po godzinie zrobili się głodni. Zostawili budujące się niszczyciele i poszli poszukać czegoś do jedzenia. Znaleźli tylko batoniki musli leżące obok kasy. Zabrali kilka i wrócili do działu ogrodniczego.

– Zobaczcie! – zawołał Blubek. – Niszczyciele są gotowe!

Na stole stało pięć niezwykłych urządzeń. Miały śmigła i skrzydła. Przypominały owady albo ptaki, ale zamiast dziobów miały wiertła lub ostre piły. W miejscu pazurów sterczały obcęgi i szczypce do cięcia stali. Latająca spawarka miała stalowy nos, w którym był miotacz ognia. Niszczyciele wyglądały naprawdę groźnie. Obok leżał sterownik z anteną.

– Blubek, to był genialny pomysł – pochwalił przyjaciela Kuki.

– Ja czasem mam genialne pomysły – powiedział skromnie Blubek i chwycił sterownik. – Zrobimy próbę. Na wszelki wypadek załóżcie hełmy.

Wzięli z półek kaski, jakich używa się na budowie, i okulary ochronne. Założyli je i schowali się za metalowym stołem. Kuki trzymał w pogotowiu berło. Gdyby coś poszło nie tak, zablokowałby niszczyciele rozkazem.

– Gotowi? – zapytał Blubek.

– Tak.

– Zaczynamy próbę.

Blubek chwycił sterownik. Na ekranie było pięć cyfr. Nacisnął jedynkę.

Zaczęły wirować śmigła w pierwszym niszczycielu. Miał wiertło i wielkie nożyce do cięcia metalu.

Blubek pociągnął joystick.

Niszczyciel uniósł się w powietrze i pomknął w stronę metalowej półki. Potem wypadki potoczyły się tak szybko, że ledwo zdążyli zarejestrować, co się dzieje.

Latająca wiertarka dopadła do regału. Wiertło z wyciem wbiło się w stalową półkę. Raz, drugi, trzeci! Dziurawiło metal ze straszliwą prędkością.

Łapy niszczyciela wyposażone w nożyce kroiły stal. CIACH! TRZASK! ZGRZYT! W kilka sekund regał został zmasakrowany i runął na podłogę. Niszczyciel pofrunął do kolejnej półki.

– Blubek, zatrzymaj tę demolkę! – krzyknęła Gabi. – Bo cały sklep rozwalimy!

Blubek pociągnął joystick. Latająca wiertarka posłusznie zawróciła i wylądowała u jego stóp.

– Ten niszczyciel jest super! – powiedział z dumą Blubek. – Przewierci robota na wylot.

– Zniszczyłeś regał – zauważyła Gabi.

– Przecież muszę przetestować broń.

– Okej. Ale więcej niczego nie psujmy.

– Tylko jeszcze jedna próba. Muszę sprawdzić, jak działa bojowy spawacz!

Blubek nacisnął na sterowniku cyfrę dwa.

Wystartował niszczyciel ze stalowym nosem i kilkoma śmigłami. Pomknął w głąb sklepu. Pobiegli za nim. Bojowa spawarka podleciała do dużej kosiarki. Z metalowego nosa buchnął płomień.

SYK! TRZASK! Zanim powstrzymali niszczyciela, traktorek zmienił się w bryłę stopionego metalu.

– Coś ty zrobił – jęknął Kuki. – To była taka fajna kosiarka!

– Fakt… trochę głupio, że ją zniszczyliśmy – powiedział niepewnie Blubek. – Ale szykujemy się do wojny z robotem, więc jakieś straty muszą być. Przecież jeśli go nie pokonamy, to ten sklep przestanie istnieć. Po co komuś narzędzia, jak nie ma prądu.

– Dobra, ale pakujemy już te niszczyciele i wynosimy się stąd – zakomenderował Kuki.

Włożyli bojowe maszyny do aluminiowej walizy na kółkach. Blubek zabrał jeszcze z półki jakieś małe urządzenie.

– Co to jest? – spytał Kuki.

– Wykrywacz metalu. Może się przydać, żeby rozpoznać robota, jeśli przybierze postać dziecka.

Wyszli ze sklepu tylnymi drzwiami. Po drugiej stronie ulicy była mała pizzeria.

Kundelek zaczął węszyć.

– A może zjemy coś przed wyprawą? – pisnął. – Bo na głodniaka nie będziemy mieć sił do walki.

– Budyń ma rację – powiedział Blubek.

– Nie mamy forsy – westchnął Kuki.

– Przecież możemy rozkazać, żeby dali nam jedzonko za darmo! – zawołał psiak.

– Lepiej poprosić bankomat, żeby dał nam trochę pieniędzy – zaproponowała Gabi.

Znaleźli bankomat na sąsiedniej ulicy. Kuki rozejrzał się, sprawdzając, czy ktoś ich nie obserwuje. Na ulicy nikogo nie było z wyjątkiem mrówek spacerujących po chodniku.

Kuki dotknął berłem bankomatu.

– Daj nam pięćdziesiąt euro – szepnął.

Żadnej reakcji.

– Daj nam pięćdziesiąt euro – powtórzył.

Cisza. Żadne banknoty się nie pojawiły.

– Nie uda się – powiedział Blubek. – Mechanizm bankomatu jest ukryty, więc rozkazy na niego nie działają.

– Czekajcie, ja mam pomysł! – zawołała Gabi.

Założyła rękawice i chwyciła berło. Skierowała je na mrówki wędrujące po ulicy.

– Wyciągnijcie z bankomatu pięćdziesiąt euro! – powiedziała.

– Robale mają wyciągać forsę?! – zawołał Blubek. – To niewykonalne!

– Zaraz zobaczymy.

Mrówki na sekundę zastygły w bezruchu, a potem zaczęły się wspinać na bankomat. Wchodziły kolejno do szczeliny, w którą wkłada się kartę, znikając we wnętrzu maszyny. Po chwili rozległ się szelest.

– Patrzcie! – szepnęła Gabi.

W otworze, którym z bankomatu wychodzą pieniądze, pojawiły się mrówki. Ciągnęły za sobą banknot! Pięćdziesiąt euro! Trzymały go szczypcami i wywlekały ze szczeliny! Nie było to łatwe, ale mrówki uparcie go ciągnęły. Po chwili banknot był na zewnątrz. Gabi go złapała.

– Dziękuje wam, mrówki – powiedziała.

RECEIPT
ECB EZB EKT EKP 2002

– Niezły patent – pochwalił Blubek. – Mogłaś wziąć więcej!

– Tyle wystarczy.

– Musimy to potem oddać! – przypomniał Kuki.

– Wiem – powiedziała Gabi. – Zapisuję wszystko, co zabieramy albo niszczymy. Potem jakoś za to zapłacimy.

Weszli do pizzerii. Zamówili trzy pizze, a dla Budynia kiełbaski czosnkowe.

Zjedli pospiesznie, zapłacili i poszli na pusty plac na tyłach baru. Powiększyli dra-kulę. Blubek wpisał do nawigacji namiary elektrowni i wystartowali.

Wszyscy milczeli. Wiedzieli, że niebawem zacznie się prawdziwa walka.

– Nie będę tu siedzieć! – krzyczała Idalia. – Chcę stąd wyjść!!!

Alik i Ida przebywali w niebieskim budynku już od wielu godzin. Potwornie się denerwowali. Wiedzieli, że Kuki ich zamknął dla ich bezpieczeństwa. I dlatego, że byli przeziębieni. Ale tysiąc razy bardziej woleliby walczyć z robotem, niż siedzieć bezczynnie i czekać w niepewności.

Ida zerkała wciąż na telefon, który zostawiła im Gabi. Nie było żadnej wiadomości. Nie mieli pojęcia, gdzie są ich przyjaciele i czy zaczęli już walkę z robotem.

Denerwowali się coraz bardziej.

– Musimy znaleźć sposób, żeby stąd wyjść! – zawołała Ida.

– Może jednak lepiej na nich poczekać – powiedział Alik.

– A skąd wiesz, czy coś im się nie stało? Może potrzebują pomocy? Może trzeba ich ratować, a my tu siedzimy jak małpy w klatce. To jest bez sensu! Musimy się stąd wydostać.

– Tych drzwi nie otworzymy.

– Są szklane. Możemy je rozbić.

– Chyba nie. To specjalne szyby. Bardzo mocne.

– A może jest stąd inne wyjście? Trzeba przeszukać budynek. Chodź, Alik!

Ida pobiegła do korytarza. Alik ruszył za nią. Minęli pomieszczenie z prysznicami i szatnię pełną szafek. Weszli do holu ze szklanym dachem. Były tu kręcone schody prowadzące w górę.

– Zobacz! – zawołała Ida, wskazując strzałkę z napisem: SUPERZJEŻDŻALNIA – WEJŚCIE. – Tymi schodami można się dostać do zjeżdżalni! Chyba do tej wielkiej, która biegnie nad aquaparkiem.

– I co z tego? – spytał Alik. – Co ty kombinujesz?

– W ten sposób możemy się stąd wydostać! Po prostu zjedziemy do basenu.

– Zwariowałaś? Wpadniemy do wody i będziemy mieli mokre rzeczy.

– Jest ciepło i słońce. Szybko je wysuszymy.

Alik patrzył niepewnie.

– To chyba nie jest dobry pomysł.

– A masz lepszy?

Idalia ruszyła na schody. Alik, mrucząc coś pod nosem, poszedł za nią. Wspinali się długo po metalowych stopniach. Wreszcie dotarli do szklanej kopuły na szczycie wieży. Tutaj był początek wielkiej zjeżdżalni. Otwór z metalowymi uchwytami prowadził do długiego tunelu. Przeźroczysta rura zjeżdżalni wiła się nad całym aquaparkiem jak olbrzymi wąż boa.

– Jedziemy w ubraniach? – spytał Alik.

– Tak. Przecież nie mamy ich gdzie schować. Tylko trzeba podnosić nogi, bo buty będą nas hamować.

– Kto zjeżdża pierwszy?

– Ja.

Ida wsunęła się do otworu i położyła na plecach. W tej chwili coś zabulgotało i w rurze popłynęła woda. Ida się odepchnęła i zaczęła zjeżdżać. Na razie dosyć powoli, bo ubranie hamowało poślizg. Ale po chwili przyspieszyła, ponieważ rura stała się bardzo spadzista.

Zapaliło się zielone światło. Alik wszedł do zjeżdżalni. Położył się na brzuchu, bo tak najbardziej lubił zjeżdżać. Odepchnął się i pojechał za Idalią.

Zjeżdżalnia była niesamowita. Miała pełno zakrętów i gwałtownych spadków. Rura była przeźroczysta i mieli wrażenie, że unoszą się w powietrzu.

Wreszcie znaleźli się na końcowym odcinku. Było już widać wylot zjeżdżalni. Za chwilę mieli wyprysnąć z otworu i wpaść do basenu. I wtedy Alik krzyknął:

– Stop! Ida, zatrzymaj się! Stój!!!

Idalia nie rozumiała, o co chodzi, ale zaczęła gwałtownie hamować butami.

– Co jest?! – krzyczała. – Czemu mam się zatrzymać?

– Nie ma wody! – wrzeszczał Alik. – W basenie nie ma wody!!!

Alik, który jechał na brzuchu, widział wszystko, co było pod nimi. I on pierwszy dostrzegł niebezpieczeństwo. W wielkim basenie, do którego mieli wpaść, nie było wody! Rura wisiała nad pustą niecką, głęboką na pięć metrów! Jeśli tam spadną, roztrzaskają się na kamiennym dnie.

Jak mogli o tym zapomnieć! Przecież kiedy tu szli, widzieli, że basen nie jest napełniony wodą.

Ida szorowała paznokciami i butami o ściany rury. Udało jej się powstrzymać zjeżdżanie. Alik był cięższy, więc przejechał jeszcze kilka metrów i uderzył w jej głowę butami. Oboje zapierali się rękami i nogami o boki zjeżdżalni. Patrzyli z przerażeniem w dół. Przez przeźroczyste ściany rury było widać suche dno basenu.

Do wylotu zjeżdżalni zostało może pięć metrów. Na razie strasznym wysiłkiem udawało im się utrzymać w miejscu, ale nie mieli pojęcia, co robić dalej. Wiedzieli, że długo tak nie wytrzymają i w końcu się zsuną.

A wtedy spadną do betonowej czeluści.

– Ida, musimy się wspiąć z powrotem.

– To się nie uda! – jęknęła Idalia.

– Musimy…

Alik leżał na brzuchu, więc było mu łatwiej się wspinać. Idalia postanowiła, że pozostanie w pozycji siedzącej i spróbuje jakoś pełznąć tyłem.

Zaczęli wspinaczkę. Pomagały im szorstkie podeszwy butów, ale i tak było to koszmarnie męczące. Jednak powoli pięli się w górę. Najtrudniej było na zakrętach (czyli prawie wszędzie) i w miejscach, gdzie były duże spadki. Po kwadransie wspinaczki Ida była wykończona. A dotarła dopiero do połowy zjeżdżalni. Osłabły jej ręce, ale kiedy próbowała odpocząć, zaraz zaczynała się zsuwać.

Alik, który był dobry we wspinaczce, radził sobie lepiej. Potrafił trzymać się ścian jak gekon. Poza tym miał adidasy na miękkiej podeszwie, które się nie ślizgały. Był już kilka metrów od górnego otworu.

– Ida! – zawołał. – Staraj się utrzymać. Ja znajdę jakąś linę i rzucę ci ją.

– Pospiesz się! Błagam! Ja zaraz zjadę…

Alik wspiął się do wlotu zjeżdżalni i wyszedł z otworu. Zbiegł schodami do dolnej hali. Przeszukał szatnię i inne pomieszczenia. Żadnej liny tam nie było, ale znalazł stertę ręczników kąpielowych. Zaczął je błyskawicznie związywać, robiąc z nich długi sznur. Spieszył się potwornie, ale wiązanie ręczników było trudne i musiał pilnować, żeby węzły były mocne. Związał chyba sto ręczników. Uznał, że lina jest wystarczająco długa, i pognał z nią po schodach do wlotu zjeżdżalni. Włożył głowę do tunelu.

– Ida... Mam linę! – zawołał. – Chyba powinna wystarczyć. Przygotuj się.

Żadnej odpowiedzi.

– Ida... Jesteś tam?

– Jestem. Pospiesz się, bo zjeżdżam...

– Uważaj! Rzucam!

Alik wrzucił do rury linę z ręczników. Poleciała w dół, rozwijając się szybko. Alik na wszelki wypadek przywiązał drugi koniec liny do poręczy schodów.

– Trzymasz ją?! – zawołał.

Usłyszał odległy głos Idy:

– Ona jest za krótka. Brakuje chyba pięć metrów...

– Nie mam dłuższej. Musisz się wspiąć!

Idalia zaczęła się czołgać w stronę końca liny. Był to stromy odcinek zjeżdżalni i wspinanie się było potwornie trudne. Ręce i buty ślizgały się, nie mogąc znaleźć oparcia na gładkiej powierzchni rury. Wreszcie Ida dopełzła do liny. Wysunęła rękę i złapała koniec ręcznika.

– Alik! Trzymam ją…

Chłopiec zaczął ciągnąć związane ręczniki. Słyszał, jak węzły trzeszczą, ale na razie lina trzymała się. Metr po metrze wciągał Idę w górę. Wreszcie zobaczył rozczochraną głowę dziewczynki we wlocie tunelu. Ida wyczołgała się ze zjeżdżalni i usiadła na podłodze. Oddychała ciężko.

– Dzięki, Alik – szepnęła.

Dra-kula leciała nad lasem. Według nawigacji do elektrowni był jeszcze kilometr. To oznaczało, że jeśli robot tam dotarł, to zaraz zacznie się prawdziwa bitwa. Kuki, Gabi, Blubek i Budyń rozglądali się nerwowo. Najgorsze było to, że nie znali możliwości robota. Jaką on ma broń? Z jakiej odległości może ich wykryć? Czy niszczyciele zdołają go pokonać? I nie wiedzieli, czy robot ma teraz postać dziecka, czy metalowego kolosa.

Gabi spytała:
– Słuchajcie… Jak rozpoznamy tego robota, jeżeli wygląda jak chłopak? Jak go odróżnimy od innych dzieci?
– W elektrowni raczej nie będzie innych dzieci. Więc właśnie po tym go poznamy, że jest chłopakiem – odpowiedział Kuki.
– A jak się pomylimy? Przecież nie możemy zaatakować wiertarkami zwykłego dzieciaka.
– Możemy użyć wykrywacza metalu – przypomniał Blubek.
– Z jakiej odległości on działa? – spytał Kuki.
– No… z pięciu centymetrów.
– Czyli trzeba będzie podejść blisko. To jest meganiebezpieczne i…
– Widzę elektrownię! – przerwała Gabi. – Tam!
Pochylili się nad oknem.
– To elektrownia słoneczna!
Zobaczyli tysiące paneli słonecznych ustawionych na ogromnej przestrzeni. Dalej były budynki z jakimiś dziwnymi urządzeniami i błyszczącymi rurami. Z elektrowni wychodziła linia wysokiego napięcia. Przewody na metalowych słupach biegły w dal. Całą przestrzeń otaczał wysoki płot.

– Mam wylądować w środku elektrowni? – spytał Blubek.

– Nie – powiedział Kuki. – Bo zauważą dra-kulę i będzie afera. Wyląduj za tamtymi drzewami i spróbujemy się jakoś dostać do środka.

Blubek przesunął joystick. Dra-kula wylądowała sto metrów od ogrodzenia, za wysokimi cyprysami. Szybko wysiedli.

– Niszczyciele zabieramy ze sobą czy zostawiamy tutaj? – spytał Blubek.

– Zostawiamy – zdecydował Kuki. – Najpierw musimy tego drania zlokalizować. A z tą walizą wyglądalibyśmy podejrzanie. On może ją prześwietlić i zobaczyć, co jest w środku.

– Co zrobimy, kiedy znajdziemy robota? – spytał Budyń.

– Ty i Gabi zostaniecie, żeby go obserwować, a ja z Blubkiem pójdę po broń.

– A jak wcześniej nas zaatakuje? – spytała niepewnie Gabi.

– Zostawimy wam berło. Jakby co, możecie wywołać mgłę, żeby się ukryć.

– Okej.

Schowali walizę z niszczycielami w niewielkim zagajniku. Zmniejszyli dra-kulę i ruszyli wzdłuż płotu.

Elektrownia zajmowała ogromny teren. Setki paneli słonecznych ustawiono na ziemi albo na wysokich słupach. W powietrzu było słychać cichy szum wentylatorów i pisk jakichś urządzeń. Wyglądało na to, że robot niczego jeszcze nie zepsuł i elektrownia pracuje normalnie. Szli wzdłuż ogrodzenia, rozglądając się uważnie. Budyń węszył. Nagle usłyszeli dziecięcy głos.

To był głos chłopca! Śpiewał coś.

– Słyszycie? – szepnęła Gabi.

Zastygli. W miejscu, gdzie stali, widok zasłaniały krzaki.

– Idziemy – powiedział Kuki. – Tylko po cichu…

Zaczęli się skradać, przeciskając się przez zarośla. Kuki trzymał w pogotowiu berło. Po chwili krzaki się skończyły. Cała czwórka wychyliła się ostrożnie.

Przed nimi był parking, na którym było kilka autobusów. Obok stał jakiś chłopak. Miał może dwanaście lat i słuchawki na uszach. Gapił się na elektrownię i cicho nucił. Co chwilę podnosił rękę z telefonem i robił zdjęcie.

Dzieci i Budyń przyglądali mu się niepewnie.

– To może być robot – szepnął Kuki.

– Nie wiadomo… – powiedziała cicho Gabi. – Może to zwykły dzieciak.

– Zwykły dzieciak nie spaceruje wokół elektrowni.

– Chyba że mieszka w okolicy.

– Budyń, a co ty czujesz? – spytał Kuki. – Czy on pachnie robotem?

Kundelek wysunął nos z krzaków i węszył intensywnie.

– Pachnie jak zwykły chłopak. Chyba przez jakiś czas nie prał skarpetek, poza tym wszystko normalnie.

– To nic nie znaczy – szepnął Blubek. – Robot może używać zmyłkowych zapachów. Dezodorantu „Dziecko w sprayu" albo choinki zapachowej „Śmierdzące skarpetki".

– Co robimy? – spytała Gabi.

Zanim coś zdecydowali, chłopak nagle się odwrócił. Spojrzał na nich.

– Zobaczył nas – jęknął Blubek. – Kuki, wyczaruj mgłę, bo przywali nam jakimś laserem.

Kuki podniósł berło, ale zanim wypowiedział rozkaz, rozległy się liczne głosy. Z autokaru wysiadła grupa nastolatków. Jeden z nich zawołał:

– Ej! Ivo! Chodź…

Chłopak ze słuchawkami podbiegł do grupy i razem poszli w stronę budynków elektrowni.

– O co tu chodzi? – mruknął Blubek. – Robot się sklonował?

– Idziemy za nimi – zdecydował Kuki.

Poszli za grupą. Dotarli do bramy elektrowni.

– Zobaczcie! – zawołała Gabi. – Tu jest mnóstwo dzieci.

Przed bramą kłębiła się chyba setka dzieciaków! Było też kilkoro dorosłych, którzy rozdawali im jakieś kartoniki. Potem wszyscy zaczęli wchodzić przez bramę na teren elektrowni.

– Co tu się dzieje? – szepnął zdumiony Kuki.

– Już wiem! – zawołała Gabi. – To wycieczka szkolna. Przyszli zwiedzać elektrownię.

– Zwiedzać?

– No tak. Przeczytajcie to!

Wskazała na planszę zawieszoną obok bramy: ZWIEDZANIE ELEKTROWNI WE WTORKI I PIĄTKI. BILETY W KASIE.

– Jak my teraz znajdziemy robota? – jęknął Blubek. – To może być każdy z tych dzieciaków. Ten wampir mógł się przyłączyć do wycieczki. Będzie udawał, że zwiedza elektrownię, i nagle ją rozwali.

– Trzeba wejść i sprawdzić każdego chłopaka wykrywaczem metali – zdecydował Kuki. – Chodźcie!

Schował Budynia do plecaka i podeszli wszyscy do bramy. Ochroniarz wychylił się z budki.

– Pokażcie bilety! – powiedział.

Kuki wycelował w niego berło i rozkazał:

– Niech pan nas wpuści.

– Tak jest! – zawołał mężczyzna i natychmiast otworzył furtkę.

Weszli na teren elektrowni.

Zobaczyli, że szkolna wycieczka powędrowała w stronę paneli słonecznych. Prowadzili ją przewodnicy w zielonych fartuchach.

Kuki i pozostali dogonili grupę. Blubek wyjął wykrywacz metali.

– Kto będzie ich sprawdzać? – spytał cicho.

– Ja – szepnęła Gabi.

Wzięła od Blubka wykrywacz metali i podeszła do uczniów. Dyskretnie dotknęła czujnikiem chłopaka ze słuchawkami, którego spotkali na parkingu. Cisza. Sygnał nie zapiszczał. Czujnik nie zareagował, więc to nie on... Podeszła do następnego chłopca. Lekko przesunęła urządzenie obok jego pleców. Cisza.

Gabi podchodziła do kolejnych uczestników wycieczki i dotykała ich wykrywaczem metalu. Jeden z chłopaków poczuł dotknięcie i odwrócił się. Spojrzał na Gabi i mruknął:

– O co chodzi?

– Nic... Przepraszam.

Gabi szybko się odsunęła. Wpadła na kogoś. I w tej chwili wykrywacz zapiszczał. Sygnał był bardzo głośny.

Gabi odwróciła się gwałtownie. Stał przed nią szczupły chłopak o jasnych włosach i niebieskich oczach. Patrzył na Gabi uważnie. Sygnał wykrywacza piszczał uporczywie.

Kuki i Blubek podeszli bliżej.

Blondyn wpatrywał się w nich. Miał niezwykle niebieskie oczy, które Gabi wydawały się jakieś nienaturalne. Chłopak szybko założył słoneczne okulary.

Wykrywacz piszczał coraz głośniej.

W tej chwili przewodnik zawołał:

– Uwaga, idziemy do sali projekcyjnej.

Cała grupa ruszyła za nim. Jasnowłosy chłopak także tam pobiegł. Wykrywacz od razu przestał piszczeć.

– To chyba ten blondyn – szepnęła podekscytowana Gabi. – Wykrywacz wył przy nim jak szalony. To musi być robot!

– Nie wiadomo – powiedział Kuki. – Mógł mieć pasek z metalową klamrą! Albo aparat na zębach.

– Raczej nie – zaprzeczył Blubek. – Sygnał był bardzo głośny, czyli wykrywacz wyczuł dużo metalu!

Kuki odchylił klapę plecaka, w którym był ukryty kundelek.

– Budyń, wyczułeś coś specjalnego?

– Nie. Ale w tym plecaku pachnie tylko plecakiem. Nic tu nie czuję.

– Dobra. Idziemy za tym blondynem. Jak będziemy blisko niego, to cię, Budyń, wypuszczę. Musisz go szybko obwąchać.

– Okej, szefie.

Pobiegli za zwiedzającymi do białego budynku i weszli do środka. W holu były ustawione modele baterii słonecznych. Przewodnik zaprowadził zwiedzających do następnej sali. Było tam nowoczesne kino. Uczestnicy wycieczki zajęli miejsca na kolorowych fotelach. Jasnowłosy chłopak usiadł w pierwszym rzędzie z samego brzegu. Dla części widzów zabrakło miejsc i stali na schodach.

Światło zgasło i na ekranie wyświetlono film o elektrowni.

Kuki, Gabi i Blubek zaczęli się skradać w stronę podejrzanego chłopaka. Musieli się przeciskać między dziećmi stojącymi na schodach. Budyń wysunął głowę z plecaka i węszył. Kiedy dotarli do pierwszego rzędu, Kuki jęknął:

– Nie ma go!

Fotel był pusty. Blondyn zniknął.

Rozglądali się po sali, ale chłopaka nigdzie nie było.

– Zwiał! – szepnęła Gabi.

– Może poszedł do kibelka? – powiedział niepewnie Blubek.

– Roboty nie chodzą do klo! – powiedział Kuki.

– Nie ma pewności, czy to robot.

– Co robimy, szefie?

– Poczekamy parę minut. Jak nie wróci, pójdziemy go szukać – zdecydował Kuki.

Na ekranie jakiś naukowiec tłumaczył, jak powstaje energia elektryczna. Nagle coś trzasnęło i obraz zniknął. Zgasły też lampki awaryjne na schodach. W kinie zrobiło się kompletnie ciemno.

Na chwilę zapadła cisza, potem widzowie zaczęli krzyczeć.

– Spokój! – zawołał przewodnik wycieczki. – Nic się nie stało. To tylko awaria zasilania. Wychodzimy z kina. Powoli!

Otworzyły się drzwi i uczestnicy wycieczki, przepychając się i krzycząc, wybiegli z sali. Kuki, Gabi i Blubek wyszli jako ostatni.

W holu zobaczyli pracowników elektrowni, którzy nerwowo biegali i krzyczeli do radiotelefonów: „AWARIA! KTOŚ ZNISZCZYŁ PIERWSZY TRANSFORMATOR!". Po chwili zaczęła wyć syrena alarmowa. Z głośników dobiegło wołanie: „ALARM! WSZYSCY ZWIEDZAJĄCY MUSZĄ OPUŚCIĆ TEREN ELEKTROWNI. NATYCHMIAST!".

Uczniowie z wycieczki w panice popędzili do bramy. Kuki pokazał przyjaciołom, żeby się schowali za planszą z mapą elektrowni.

– Myślicie, że to zrobił ten chłopak? – szepnęła Gabi.

– Na pewno – powiedział Kuki. – To na sto procent jest robot! Musimy go znaleźć!

Odczekali, aż wszyscy uczestnicy wycieczki ich miną, i wysunęli się z kryjówki. Ruszyli między długie szeregi paneli słonecznych. W oddali było widać jakąś wielką konstrukcję. Unosił się nad nią dym. Obok stał wóz straży pożarnej i biegało mnóstwo ludzi w niebieskich kombinezonach.

– To jest transformator – powiedział Blubek. – Robot go podpalił!

– Ale gdzie on może być? – szepnęła Gabi.

Kuki otworzył plecak.

– Budyń... Spróbuj go wytropić.

Kundelek wyskoczył na chodnik i ruszył z nosem przy ziemi. Dzieci poszły za nim.

Wędrowali przez labirynt baterii słonecznych. Kuki trzymał berło w pogotowiu.

Nagle kundelek się zatrzymał.

– Czuję coś dziwnego, szefie. Tam! – Wskazał nosem w prawą stronę.

Stał tam następny transformator. Zaczęli się skradać w jego kierunku, kryjąc się za panelami.

Po chwili Kuki zatrzymał przyjaciół i ostrożnie się wychylił.

– Jest! – szepnął.

Obok transformatora stał jasnowłosy „chłopak". Był odwrócony do nich tyłem. Wpatrywał się w urządzenie.

Nagle „chłopak" sięgnął do kieszeni i wyjął jakiś przedmiot. Z tej odległości nie było widać, co to jest. Podniósł rękę i zrobił ruch, jakby coś obracał. Syknęło i „chłopak" zaczął się powiększać! Rósł błyskawicznie. Jednocześnie jego skóra zmieniała się w stal. W miejscu rąk pojawiły się manipulatory. „Chłopak" zmienił się w robota! W ogromne stalowe monstrum. Miał dwadzieścia metrów wysokości i wyglądał przerażająco.

Po przemianie robot stał przez chwilę nieruchomo. Nagle pochylił głowę i stalowymi zębami złapał przewód wychodzący z transformatora. Wgryzł się w niego jak wygłodniały tygrys. Strzeliły iskry! Buchnęły płomienie. Zawyła syrena i zamigotały lampy alarmowe. Dookoła eksplodowały kolorowe fajerwerki ognia. Transformator stanął w płomieniach. Kłębił się nad nim dym. A potem wszystko ucichło. Prąd przestał płynąć i lampy zgasły.

Robot uderzył pięścią w transformator. Raz, drugi, trzeci. TRACH! Urządzenie z hukiem się przewróciło. Robot ruszył dalej, depcząc ciężkimi stopami panele słoneczne. TRZASK! TRZASK! Miażdżył błyszczące konstrukcje. Szedł w stronę ogrodzenia.

Kuki kiwnął ręką.

– Idziemy za nim!

Pobiegli za robotem.

Metalowe monstrum doszło do płotu. Rozgniotło go i ruszyło wzdłuż linii wysokiego napięcia. Co jakiś czas robot uderzał pięścią w słupy, na których wisiały przewody, łamiąc je i przewracając.

Kuki, Blubek, Gabi i Budyń wybiegli z terenu elektrowni, przeskakując nad zniszczonym ogrodzeniem.

Robot poruszał się bardzo szybko. Błyskawicznie zniknął za wzgórzem. Żeby go dogonić, musieli użyć dra-kuli.

Pobiegli do lasku, w którymi schowali walizę z niszczycielami. Wyciągnęli ją z kryjówki.

Powiększyli dra-kulę, włożyli do niej pojemnik i wystartowali.

Gapili się w okna, próbując wypatrzyć robota. Na razie nie było go widać. Tylko połamane słupy sieci elektrycznej wskazywały, którędy szedł.

Słońce już zachodziło i powoli zapadał zmrok. Lecieli wzdłuż linii wysokiego napięcia, ledwo widocznej w resztkach słonecznego światła.

– Blubek, leć niżej, bo słabo widać! – zawołał Kuki.

– Jeżeli ten robot jest w pobliżu, to może nam przywalić rakietą albo jakimiś promieniami.

– Wyżej też może nam przywalić.

– Ale wtedy pożyjemy o sekundę dłużej – mruknął Blubek.

Jednak posłusznie pociągnął drążek. Dra-kula opadła niżej. Wtedy Gabi, która siedziała z Budyniem nad oknem w podłodze, zawołała:

– Spójrzcie tam! Coś dziwnego dzieje się z tymi przewodami.

Rzeczywiście. Linia wysokiego napięcia zmieniła kolor na czerwony i świeciła w mroku.

– Co to jest?

– Te przewody są rozgrzane! – krzyknął Kuki. – One się palą!

Rzeczywiście, kiedy się zbliżyli, zobaczyli, że metalowe druty żarzą się i sypią się z nich iskry. W ciemności wyglądały jak długa linia ognia.

– To znaczy, że on jest w pobliżu – szepnął Blubek. – Wysysa energię, więc kable się rozgrzały do czerwoności.

– Jaką energię? – spytał Kuki. – Przecież on zniszczył elektrownię i prąd nie płynie.

– Sieć jest połączona. Jeżeli jest awaria w jednej elektrowni, to prąd płynie z następnej. On właśnie pożera ten prąd.

Lecieli wzdłuż płonącej linii. Było słychać, jak przewody syczą.

– Jest! – krzyknął nagle Blubek.

Olbrzymi robot stał obok słupa trakcji elektrycznej. Rozrywał zębami przewody. Strzelały fajerwerki iskier. Na szczęście stał tyłem i jego czujniki na razie nie odkryły dra-kuli.

Blubek błyskawicznie pociągnął joystick i pojazd się zatrzymał. Patrzyli niepewnie na metalowe monstrum.

– Blubek, musimy zaatakować tego wampira, póki jest zajęty kolacją – powiedział Kuki.

– Dobra, ale trzeba najpierw wylądować.

– Po co? – zaprotestowała Gabi. – W dra-kuli możemy uciec, a na ziemi będziemy bezbronni.

– Nieprawda! – zawołał Blubek. – Jeśli będziemy sterować niszczycielami z dra-kuli, robot może nas strącić. Wtedy spadniemy i połamiemy się. Bezpieczniej jest się ukryć na ziemi. W razie problemów odpalimy dra-kulę i uciekniemy.

– Masz rację – zgodził się Kuki. – Ląduj!

Dra-kula wylądowała za niewielkim lasem, sto metrów od robota. Otworzyli właz i wysiedli. Poczuli natychmiast zapach spalenizny i rozgrzanego metalu. Robot był blisko.

– Zmniejszamy dra-kulę? – zapytał Blubek.

– Nie. Musi być gotowa do startu – zdecydował Kuki. – Niech tu zostanie. Bierzemy niszczyciele i ruszamy do akcji! Budyń, bądź czujny. Musisz go wywęszyć, gdyby na nas ruszył.

– Okej, szefie. Ale tak tu śmierdzi spalenizną, że prawie nic nie czuję.

Chwycili walizę i zaczęli się skradać. Pomiędzy drzewami widzieli płomienie strzelające z rozżarzonych przewodów. Dotarli na skraj lasu i zobaczyli robota. Stał może pięćdziesiąt metrów od nich.

– Blubek, którym niszczycielem zaatakujemy go najpierw? – szepnął Kuki.

– Wszystkimi naraz.

– Okej.

Po cichu otworzyli walizę i wyjęli pięć bojowych maszyn. Blubek złapał sterownik.

– Zaczekaj – zatrzymała go Gabi. – Wypróbujmy najpierw berło. Może on jednak słucha rozkazów.

– Racja! – szepnął Kuki. – Jeszcze tego nie sprawdziliśmy!

Wymierzył berło w robota. Chwilę się zastanawiał, jaki wydać rozkaz. W końcu powiedział:

– Rozpadnij się na kawałki!

Patrzyli z napięciem. Zdawało im się, że robot drgnął, ale poza tym nic się nie stało.

– Może on nie jest w stanie się rozpaść? – zastanawiała się Gabi. – Wymyśl inny rozkaz.

– Jaki?

– Powiedz, żeby zardzewiał!

Kuki wycelował ponownie berło i szepnął:

– Rozkazuję, by ten robot zardzewiał.

Nic się nie zdarzyło. Stalowe ciało robota pozostało gładkie i lśniące.

– Może on jest nierdzewny?

– No to mu rozkaż, żeby się przewrócił – zaproponował Blubek. – To na sto procent jest możliwe. Jak się nie wywali, to znaczy, że rozkazy berła na niego nie działają.

Kuki skierował berło na stalowego potwora.

– Rozkazuję, żeby ten robot przewrócił się!

Żadnej reakcji. Olbrzym nadal stał wyprostowany.

– Berło na niego nie działa – westchnął Kuki. – Czyli jest tak, jak mówił Alik. On nie słucha rozkazów. Jest zaimpregnowany na magię berła!

– Uwaga! – zawołał nagle Budyń. – Chyba nas wyczuł!

Czujniki robota musiały zarejestrować zagrożenie, bo puścił przewody i odwrócił się.

– Zaczynamy akcję! – zawołał Kuki. – Wypuść na niego niszczyciele! Szybko!

Blubek chwycił sterownik. Nacisnął na ekranie pięć ikon i pchnął joystick.

Warknęły silniki. Pięć niszczycieli poderwało się w powietrze. Ale nie poleciały w stronę robota, tylko w różnych kierunkach.

– Co robisz, Blubek?! – zawołał Kuki.

– Spokojnie! Zaatakuję go z kilku stron. Może jego komputer nie ogarnie wtedy sytuacji.

Radar na głowie robota zawirował i stalowy stwór ruszył powoli w stronę dzieci.

Blubek wcisnął czerwony guzik na manipulatorze. ATAK!

Niszczyciele runęły na robota. Latająca wiertarka zaatakowała pierwsza. Robot obrócił się w jej stronę. Podniósł rękę i wystrzeliła iskra. Blubek szarpnął joystick. Niszczyciel podskoczył i ominął ogniowy pocisk. Jednocześnie zaatakowały pozostałe maszyny.

Pięć niszczycieli rzuciło się na robota jak wściekłe jastrzębie. Spawarka dopadła do jego głowy, atakując niebieskim płomieniem. Latająca piła ze straszliwym piskiem próbowała przeciąć stalowe ramię robota. Wiertarka usiłowała wbić wiertło w jego korpus. Młot pneumatyczny tłukł w stalowy brzuch, a szlifierka z przeraźliwym zgrzytaniem szlifowała tytanowy nos. Ale robot nawet nie drgnął. Nie powstała na nim żadna rysa ani dziura. Nic! Wyglądało na to, że jest nietykalny!

Nagle na czole robota zapaliło się żółte światło. Wtedy wszystkie niszczyciele zastygły. Zawisły w powietrzu przed robotem.

– Robot przejął sterowanie! – wrzasnął Blubek, bezskutecznie poruszając joystickiem. – On ma kontrolę nad niszczycielami!

Nagle latające maszyny odwróciły się. I zaatakowały dzieci!

– Uciekajmy!

Kuki, Gabi, Blubek i Budyń rzucili się do ucieczki. Przedzierali się przez las.

Niszczyciele ścigały ich. Do Kukiego podleciała bojowa wiertarka. Chłopak zobaczył wirujące wiertło tuż obok siebie. Rzucił się na ziemię. Niszczyciel minął go o włos i wbił się wiertłem w drzewo. Zanim zaatakował ponownie, Gabi krzyknęła:

– Kuki! Anihiluj niszczyciele berłem!!!

Kuki błyskawicznie pojął, że Gabi ma rację! Robot przejął sterowanie nad niszczycielami, ale przecież one podlegają rozkazom berła.

Latająca wiertarka wyrwała wiertło z drzewa i znowu zaatakowała Kukiego.

Chłopiec uniósł berło.

– Rozpadnij się na kawałki! – wrzasnął. – Rozkazuję!

TRACH! Niszczyciel eksplodował. Sto odłamków rozprysnęło się na wszystkie strony. Kuki musiał się schylić, bo nad jego głową ze świstem przeleciał silnik i trzasnął w ziemię.

Kuki podniósł się błyskawicznie. Zobaczył, że Gabi i Blubek uciekają przed latającym młotem. Odrzutowe nożyce atakowały Budynia, który wykonywał fantastyczne skoki, by uniknąć zagrożenia.

Z drugiej strony nadlatywały dwa następne niszczyciele, w tym niebezpieczna spawarka.

Kuki podniósł berło. Zatoczył nim krąg w powietrzu, krzycząc:

– Wszystkie niszczyciele mają się rozlecieć.

HUK! BŁYSK! Urządzenia eksplodowały, zmieniając się w stertę złomu.

Niszczyciele zostały zniszczone. Zagrożenie zniknęło, ale stracili jedyną broń.

W tej chwili robot ruszył w stronę dzieci.

– Ewakuujemy się! – wrzasnął Kuki.

Cała czwórka rzuciła się do ucieczki. Zdołali dobiec do dra-kuli, zanim robot ich dopadł. Błyskawicznie otworzyli właz i wskoczyli do pojazdu. Blubek natychmiast włączył silnik i dra-kula wystartowała.

Zobaczyli przez okno, że robot unosi ręce. Coś błysnęło i w stronę dra-kuli pomknął szary obłok. Chmura o dziwnym kształcie.

– Unieśmy się wyżej! – krzyknął Kuki.

Za późno. Szara chmura dotarła do pojazdu i otoczyła go jak mglisty potwór. Patrzyli na nią przez okno. Czuli coraz większy niepokój.

– Co to jest? – szepnął Blubek.

Dzieci wpatrywały się w chmurę jak zahipnotyzowane. Nagle wszystkie zaczęły krzyczeć ze strachu.

Budyń też patrzył w okno, ale on widział tylko bezkształtną szarą plamę. Jednak Kuki, Gabi i Blubek wpatrywali się w nią z przerażeniem. Oni widzieli coś najstraszniejszego na świecie. Przynajmniej tak im się zdawało. Byli bladzi ze strachu.

– Co się z wami dzieje?! – zawołał kundelek. – Szefie!!!

Nagle przypomniał sobie, co mówił Alik o najgroźniejszej broni robota.

– To jest przerażacz – jęknął psiak. – Chmura strachu!

Skoczył w stronę przyjaciół.

– Zamknijcie oczy! – krzyknął. – Odwróćcie się!

Było za późno. Przerażacz zaczął już działać. Trucizna strachu przeniknęła Kukiego, Blubka i Gabi. Blubek puścił stery dra-kuli i usiadł na podłodze. Trząsł się ze strachu. Gabi wcisnęła się w kąt pojazdu. Kuki wypuścił berło i skulił się obok Gabi. Wszyscy byli tak wystraszeni, że nie potrafili niczego zrobić. Siedzieli i dygotali.

Na szczęście na Budynia przerażacz nie działał. On widział za oknem tylko zwykłą chmurę.

Skoczył do przyjaciół.

– Szefie! Gabi! Blubek! – krzyczał. – Spokojnie. Nie bójcie się. Tam nic nie ma! To tylko głupi przerażacz wysłany przez robota. Zmyłka. Oszustwo. Nie bójcie się!

Ale dzieci skuliły się w kącie pojazdu i drżały, zasłaniając oczy. Płakały jak niemowlaki.

Dra-kulą nikt nie kierował, więc zaczęła się kręcić w kółko. Budyń wskoczył na fotel pilota. Złapał sterownik w zęby i wyrównał lot. Spojrzał w okno. Szara chmura przerażacza już zniknęła, rozpływając się w powietrzu. Ale efekt jej działania wciąż trwał. Kuki, Gabi i Blubek siedzieli nieruchomo na podłodze, niezdolni, by cokolwiek zrobić.

– Muszę ich wyleczyć z tego strachu... – jęknął Budyń. – Ale jak?

Psiak zastanawiał się, co zrobić. W końcu postanowił, że wróci do aquaparku, do Idy i Alika. Oni pomogą mu wyleczyć przyjaciół. Jeśli to w ogóle jest możliwe…

Budyń nacisnął nosem na ekranie nawigacji punkt oznaczający AQUAPARK. Silnik dra-kuli zaczął huczeć głośniej. Pojazd zawrócił i poleciał na północ.

– Szybciej – szeptał Budyń. – Szybciej!

Ida i Alik leżeli na łóżkach, ale nie mogli zasnąć. Było ciemno. W parku nie paliły się latarnie. Zgasło także światło w budynku. Próbowali je włączyć, jednak bez skutku. Nie było prądu. To oznaczało, że robot zaczął już niszczycielską akcję.

Kuki, Gabi, Blubek i Budyń nie wrócili, a drzwi były nadal zamknięte. Zgodnie z rozkazem zamek otworzy się dopiero jutro w południe.

– Alik… Jak myślisz, co się z nimi dzieje? – szepnęła Ida.

– Chyba walczą z robotem.

– Sprawdź, czy nie przysłali wiadomości.

Alik zerknął na telefon zostawiony im przez Gabi.

– Nie ma zasięgu – szepnął. – Zniknęła sieć.

– No tak – westchnęła Ida. – Robot wyłączył prąd, więc telefony przestały działać. Co zrobimy, jeśli oni nie wrócą?

– Jutro drzwi się otworzą i wyjdziemy.

– I co dalej?

– Chyba musimy iść na policję i o wszystkim opowiedzieć. Przecież nie mamy berła ani żadnej broni, żeby walczyć z robotem.

– A jeżeli będzie za późno? Robot coś im zrobi? Porwie ich, jak nas ci gangsterzy. Albo stanie się coś jeszcze gorszego!

– Oni mają dra-kulę, więc mogą uciec.

– Ale ten robot ma broń i przerażacze.

– Nie chcę nawet o tym myśleć. Śpijmy już.

Ida i Alik położyli się i przykryli śpiworami. Trwała cisza, przerywana tylko cichym pluskaniem wody w basenie. Powoli ogarniał ich sen, kiedy nagle w budynku pojaśniało. Smuga niebieskiego światła wpadła do wnętrza. Ida szybko się odwróciła i spojrzała w okno.

– Alik! – zawołała.

– Co?

– Dra-kula! Zobacz… Oni wrócili!

Ida zerwała się i podbiegła do drzwi. Alik też tam popędził.

Pojazd unosił się nad parkiem, rozświetlając wszystko niebieskim światłem.

Dra-kula zaczęła powoli opadać. Po chwili wylądowała na trawniku. Silnik przestał pracować. Zapadła cisza.

Ida i Alik czekali, aż Kuki i pozostali wysiądą, lecz drzwi dra-kuli się nie otwierały. Pojazd stał nieruchomo.

Patrzyli na dra-kulę z coraz większym niepokojem.

Nagle właz zaczął się otwierać. Niezmiernie powoli unosił się w górę.

Zobaczyli Budynia. Psiak trzymał w pyszczku berło owinięte w jakąś szmatkę. Wyskoczył z dra-kuli. Berło upadło na trawę, ale kundelek złapał je ponownie i podbiegł z nim do budynku.

Skierował berło na drzwi i powiedział:

– Otwierać się!

TRZASK. Zamek odskoczył. Alik otworzył drzwi i oboje z Idą wybiegli.

– Budyń! Co się stało?! – wołali. – Gdzie są Kuki, Gabi i Blubek?

Psiak położył berło i wyszeptał:

– Klęska! Przegraliśmy… Musicie ich ratować!

Z trudem wyciągnęli z pojazdu Kukiego, Gabi i Blubka. Byli bladzi i przerażeni. Trzęśli się ze strachu i szeptali wciąż: „Boję się! Boję się!”.

Ida i Alik zaprowadzili ich do budynku i położyli na łóżkach. Cała trójka skuliła się, zasłaniając twarze. Ida próbowała z nimi rozmawiać, ale przyjaciele powtarzali tylko: „Boję się… Boję”.

Siła przerażaczy była ogromna. Trucizna wciąż działała!

– Trzeba wezwać lekarza! – zawołał Alik. – Chodź, Ida, polecimy dra-kulą i znajdziemy jakiegoś doktora.

– Poczekaj – zatrzymała go Idalia. – Budyń, powiedz, czy próbowałeś ich wyleczyć za pomocą rozkazu?

– Nie. Pilotowałem dra-kulę, więc nie mogłem używać berła.

– Dobra… Spróbujmy. Może uzdrawiający rozkaz ich wyleczy.

Ida szybko założyła rękawice i chwyciła berło. Skierowała je w stronę przyjaciół.

– Rozkazuję, żeby oni przestali się bać! – zawołała. – Mają być zdrowi jak dawniej!

Nic się nie zdarzyło. Cała trójka nadal leżała skulona na łóżkach i szeptała: „Boję się…".

– Tak ich nie wyleczymy, bo strach jest w środku – szepnął Alik. – Jest ukryty w ich głowach, więc rozkaz na niego nie działa.

– Ale przecież musimy ich jakoś uratować! – zawołał Budyń.

– Jedźmy do lekarza – zdecydował Alik. – On wypisze receptę na lekarstwo…

– Receptę?! – zawołała Ida. – Zaraz… Czekajcie. Mam jeden pomysł.

– Jaki?

– Pamiętacie, jak Korto mówił, że pióro może napisać coś głupiego albo genialny tekst?

Idalia podbiegła do Gabi. Wyjęła z kieszeni jej bluzy notes i pióro. (Gabi lubiła zapisywać różne ważne rzeczy). Ida zdjęła z pióra obsadkę i otworzyła notes. Położyła oba przedmioty na podłodze. Potem wycelowała berło w stronę pióra.

– Napisz, jakie lekarstwo jest najlepsze na wielki strach! – zawołała. – Rozkazuję! Napisz to!

Pióro drgnęło, a potem potoczyło się w stronę notesu. Wskoczyło na kartkę, uniosło się i zaczęło pisać.

Ida, Alik i Budyń patrzyli na to zafascynowani. Pióro przesuwało się po papierze, pisząc ładne, równe litery. Wreszcie postawiło kropkę i opadło na podłogę.

Ida porwała notes.

– Co napisało? – pytał Budyń.

Dziewczynka zaczęła czytać:

– „Lekiem na wielki strach jest długi sen. By się wyleczyć, trzeba spać przez siedem dni bez przebudzenia".

– To dziwne lekarstwo – mruknął Alik.

– Nie! Sen naprawdę może leczyć! – zawołała Ida. – Czytałam, że kiedy ludzie są bardzo chorzy, to w szpitalu usypiają ich na kilka dni, żeby wyzdrowieli.

– Uśpimy ich berłem?

– Tak.

Idalia chwyciła magiczny przedmiot i skierowała go na przyjaciół skulonych na łóżkach.

– Zaśnijcie na siedem dni! – rozkazała. – I niech wam się przyśni coś miłego! – dodała.

Kuki, Gabi i Blubek natychmiast zamknęli oczy i zasnęli. Przestali mieć wystraszone miny. Zaczęli się uśmiechać, a Gabi nawet coś nuciła przez sen.

– Mam nadzieję, że to im pomoże – szepnął Budyń.

– Na pewno! – Ida starannie przykryła przyjaciół śpiworami. – Jestem pewna, że wyzdrowieją.

– Teraz musimy się zająć tym upiornym robotem! – powiedział Alik.

– Chyba nie damy mu rady – westchnął Budyń. – On jest naprawdę niebezpieczny. Musi z nim walczyć prawdziwe wojsko.

– A ja myślę, że to my musimy go pokonać – powiedział Alik. – Bo tylko my znamy jego moc i wiemy, co potrafi. Jeśli zaatakują go komandosi albo samoloty, on wystrzeli przerażacze. I stanie się nieszczęście. Samoloty będą spadać, a komandosi zwariują ze strachu. Przecież oni nie wiedzą, jak ten robot działa.

– Alik, naprawdę myślisz, że powinniśmy z nim walczyć? – spytała Ida.

– Tak. W każdym razie ja muszę. Bo to ja go stworzyłem!

– Nie ty, tylko berło i bandyci! – zaprotestowała Ida. – Ty tylko spełniałeś ich polecenia.

– Wiem, ale i tak to trochę moja wina.

– Co chcesz zrobić?

– Posłuchajcie. Ja wczoraj długo myślałem, jak można go pokonać. I mam jeden super pomysł. Wymyśliłem sposób, w jaki można pokonać robota!

– Jaki?! – zawołała Ida. – Powiedz!

– Wyjaśnię wam po drodze. Teraz musimy lecieć, bo on może zniszczyć następną elektrownię.

Wybiegli z budynku. Alik zatrzymał się jeszcze obok automatu, który sprzedawał napoje. Wzięli na drogę kilka soków i batoników musli. Oprócz tego Alik poprosił o dwie pary okularów do nurkowania.

– Po co? – zdziwiła się Ida.

W odpowiedzi Alik pochylił berło i dotknął nim okularów. Wyszeptał coś.

– Co robisz?

– Nadałem okularom specjalne właściwości, żeby nie przepuszczały widoku przerażaczy. Rozumiesz? Będą blokować straszne obrazy. Tak jak okulary przeciwsłoneczne blokują promienie słońca. Przerażacze nie będą na nas działać.

Dra-kula frunęła nad ciemną przestrzenią. W miastach nie paliły się latarnie ani światła w oknach domów. Widocznie robot pozbawił prądu wielki obszar Włoch.

Alik siedział za sterami. Był bardzo skupiony. Nie miał wprawy w kierowaniu dra-kulą, bo pilotem był najczęściej Blubek. Lecieli na południe, tam gdzie odbyła się bitwa z robotem.

– Powiedz, co chcesz zrobić? – spytała Ida.

– Żeby walczyć z robotem, musimy najpierw go wykryć – powiedział Alik. – Potrzebny jest nam czujnik, który pozwoli zlokalizować robota z odległości wielu kilometrów. Bo inaczej zaatakuje nas, zanim coś zrobimy. Czyli musimy mieć detektor wykrywający robota na odległość.

– Co to ma być? – spytała Idalia.

– Budyń.

– Ja?! – zawołał kundelek.

– Tak. Musisz wyczuć robota z dużej odległości. Na przykład z pięćdziesięciu kilometrów albo lepiej ze stu.

Kundelek spojrzał na niego niepewnie.

– Alik, ja mam genialny nos, ale to znaczy, że mogę wyczuć robota z odległości kilometra! – zawołał. – Może ciut dalej. Ale żaden pies nie wyczuje zapachu ze stu kilometrów. Rasowe lalusie nawet z pięciu metrów ledwo coś czują.

– Wiem. Dlatego uważam, że powinniśmy użyć berła i powiększyć…

– Co?! – przerwał Budyń. – Chcesz powiększyć mój nos?! Nie zgadzam się! Nie chcę mieć nochala jak trąba słonia! Nie zgadzam się na powiększenie nosa! Jak ja będę wyglądać? Jak odkurzacz! I nie dam rady podnieść głowy, jak nos będzie taki wielki!

– Budyń, daj mi skończyć…

– Nie! Nie! Nie!!! Sami sobie powiększajcie nosy! Ludziom bardzo by się to przydało. Wreszcie moglibyśmy pogadać o różnych fajnych zapachach, których w ogóle nie czujecie!

– Budyń! Nie chodzi o powiększenie twojego nosa.

– A o co?

– O to, żeby zapachy przyfrunęły do ciebie. A ty rozpoznasz ten właściwy, czyli smród robota.

– To już brzmi lepiej. Ale jak chcesz to zrobić?

– Wiatr! Rozkażemy, żeby wiał po kolei z różnych kierunków i przynosił zapachy z dalekiej odległości. Ze stu kilometrów albo więcej. Ty musisz wywęszyć zapach robota i powiedzieć, po której stronie ten drań się znajduje.

– No dobra. To jest w porządku. Tylko otwórzcie właz, bo do środka dra-kuli żadne zapachy nie docierają.

Idalia ostrożnie otworzyła drzwi pojazdu. W czasie lotu prawie nigdy tego nie robili, bo groziło to wypadnięciem pasażerów i zakłócało pracę autopilota. Ale teraz było to konieczne.

Alik chwycił berło i wydał rozkaz:

– Niech wieje wiatr z północy.

Rozpętała się okropna wichura. Był to zimny, północny wiatr, który niósł zapachy z dalekiej odległości.

Budyń wysunął nos i węszył. Ida objęła kundelka, żeby nie wypadł z otwartych drzwi.

– Nie – powiedział po chwili psiak. – Po tej stronie robota nie ma.

– Okej. – Alik skierował berło w lewo i zawołał: – Niech wiatr wieje z zachodu!

Wiatr natychmiast zmienił kierunek. Budyń obrócił głowę i zmarszczył nos. Węszył.

– Nic… Na zachodzie też go nie ma.

– Wietrze, dmuchaj z południa! – krzyknął Alik.

Poczuli na twarzach ciepły powiew. Wiatr zmienił kierunek i niósł ciepłe powietrze z południa. Budyń mocno się wychylił, wciągając zapachy. Nagle krzyknął:

– Jest! Czuję go! Robot jest tam… Po południowej stronie. Lekko na wschód! – Wskazał nosem kierunek. – Czuję go, na pewno. I zapach spalonych przewodów. Pewnie niszczy następną elektrownię… Czuję dym i ogień. Chyba nie jest daleko!

– Dobra. Lecimy tam!

Alik przesunął joystick i dra-kula skręciła na południe.

Przez otwarty właz okropnie wiało. Ale nie mogli go zamknąć, żeby Budyń nie zgubił tropu. Kundelek węszył i korygował kierunek lotu:

– Trochę w prawo! – wołał. – Trochę w lewo. Teraz prosto!

Lecieli tak przez dziesięć minut. W pewnej chwili zobaczyli na ziemi długi szereg świateł. W ciemności były wyraźnie widoczne. Światła przesuwały się. Poruszały się bardzo szybko.

– Co to jest?! – zapytała niespokojnie Ida. – Czy to robot?

– Nie – powiedział Budyń. – To są jakieś pojazdy. Czuję zapach benzyny.

Alik obniżył dra-kulę. Wtedy usłyszeli głośny warkot i zgrzyt metalu.

– To są czołgi – szepnął Alik. – Jedzie wojsko!

Drogą jechała kawalkada czołgów. Było ich dziesięć albo jedenaście. Ogromne pancerne machiny pędziły na południe z chrzęstem gąsienic. Ich reflektory obracały się, przeszukując pola.

– Jadą walczyć z robotem! – zawołał Alik. – Na pewno się o nim dowiedzieli i jadą go zniszczyć.

– On ich zaatakuje przerażaczami! – krzyknęła Ida. – Trzeba ostrzec żołnierzy!

– Nie uwierzą! Musimy pokonać robota, zanim czołgi tam dotrą!

Alik pchnął joystick i dra-kula przyspieszyła. Po chwili kolumna czołgów została daleko za nimi.

Pędzili przez mrok, przebijając się przez południowy wiatr. Nagle Budyń zawołał:

– Robot jest blisko! Czuję go wyraźnie!

Alik pociągnął sterownik. Dra-kula zwolniła i uniosła się wyżej.

– Jest! – krzyknął Alik. – Widzę go! Tam!

Na wysokim wzgórzu stał robot. Ogromny, o błyszczącym stalowym cielsku. Wokół niego stało mnóstwo wiatraków służących do wytwarzania elektryczności.

– To elektrownia wiatrowa! – zawołała Ida. – On chce ją zniszczyć!

Dzieci zobaczyły, jak potwór podchodzi do wiatraka, chwyta go i łamie. Potem ruszył do następnego i powalił go kopnięciem stalowej nogi. Mnóstwo innych wiatraków leżało już połamanych na ziemi. W jednym wciąż wirowało śmigło. Uderzyło robota w rękę. Rozzłoszczony potwór wyrwał słup i zaczął nim wymachiwać jak maczugą. Ścinał i miażdżył kolejne urządzenia. Z zerwanych przewodów strzelały fajerwerki iskier. Niektóre wiatraki zaczęły płonąć.

Dzieci i Budyń patrzyli na to oszołomieni. W końcu Alik otrząsnął się i zawołał:

– Zaczynamy akcję!

Wyjął z plecaka ochronne okulary. Jedną parę podał Idalii, sam założył drugą. Wsunął na dłonie rękawice. Chwycił berło.

– Ida, teraz ty kieruj dra-kulą – powiedział. – Siadaj za sterami, szybko!

– Co chcesz zrobić?! – szepnęła Ida.

– Zaatakować go.

– Czym?

– Burzą.

– Co?! – zawołali zdumieni Budyń i Ida. – Burzą?

– Tak. To jest mój pomysł na zniszczenie robota. Rozkażę, by była burza. I żeby w robota uderzył piorun! Mnóstwo piorunów! To go zniszczy!

Idalia patrzyła na Alika zdumiona. Pomysł był niesamowity. Ale czy to jest możliwe? Berło mogło wywołać burzę, jednak czy da się sterować błyskawicami?

Ida usiadła na fotelu pilota. Alik ukląkł w otwartych drzwiach dra-kuli i wycelował berło w stronę ciemnych chmur na niebie.

– Niech będzie burza! – zawołał.

Natychmiast zaczął wiać gwałtowny wiatr. Czarne chmury rosły i pędziły w stronę wzgórza.

Nagle niebo przecięła błyskawica. Potem następne. Huczały grzmoty.

Alik wychylił się.

– Pioruny! – krzyknął. – Uderzcie w robota! Uderzajcie w niego! Rozkazuję!

Niebo rozjarzyło się oślepiającym światłem. Potężna błyskawica pomknęła z chmury na wzgórze.

Robot spojrzał w niebo. Uniósł stalowe ręce. Czekał.

TRACH! Błyskawica z trzaskiem uderzyła w stalowego potwora.

Huk był straszliwy. Lecz robotowi nic się nie stało! Zdumione dzieci zobaczyły, że olbrzym chwycił błyskawicę w dłonie. Zwinął ją w kulę i pożarł, jak człowiek zjada jabłko!

– Robot połknął błyskawicę! – krzyknął Budyń.

Alik raz jeszcze podniósł berło i zawołał:

– Niech uderzy w niego dziesięć piorunów!

TRACH! TRZASK! HUK!

Pioruny uderzały w robota jeden za drugim. Dziesięć straszliwych ciosów. I wszystkie dziesięć błyskawic robot złapał i połknął!

– Alik! To się nie uda! – jęknęła Ida. – On jest pożeraczem prądu. Pioruny to dla niego super obiad!

Alik bezradnie opuścił berło. Patrzyli na robota, który stał na wzgórzu, lśniący i niepokonany.

W tej chwili rozległ się warkot silników. Pojawiły się światła reflektorów.

– Wojsko! – krzyknął Budyń. – Czołgi jadą!

Z mroku wyłoniła się kawalkada pancernych pojazdów. Pędziły w stronę wzgórza z robotem.

– Co robimy? – szepnęła Ida.

Zanim dzieci coś zdecydowały, czołgi zaczęły otaczać wzgórze. Jedne pojechały w prawo, inne skręciły w lewo. Okrążyły robota. A potem jednocześnie ruszyły w stronę stalowego olbrzyma stojącego na wzniesieniu.

Robot dopiero teraz zwrócił na nie uwagę. Jego głowa zaczęła się obracać, na czole zapaliło się laserowe światło, oświetlając pancerne wozy. Robot patrzył na czołgi, jakby próbował pojąć, co to jest i czy stanowi zagrożenie. Nagle uniósł stalowe ramiona.

– Zaatakuje ich przerażaczami! – krzyknęła Ida. – Trzeba ich ostrzec.

– Za późno! – jęknął Budyń.

Z rąk robota wystrzeliły szare chmury. Pomknęły w stronę atakujących czołgów. Przed każdym z pojazdów pojawił się obłok o tajemniczym kształcie. Z góry nie było dokładnie widać, co to jest.

Czołgi nagle zaczęły się kręcić w kółko. Krążyły w bezsensowny sposób, zderzały się ze sobą. W końcu wszystkie znieruchomiały.

Zapadła długa cisza.

A potem z trzaskiem otworzyły się włazy czołgów. Wyskakiwali z nich żołnierze. Idalia przez lornetkę widziała, że czołgiści mają zalęknione twarze. Dygotali ze strachu! Wszyscy żołnierze rzucili się do ucieczki. Zatruci jadem przerażaczy uciekali na oślep w ciemność. Okrzyki strachu było słychać jeszcze z daleka, po chwili wszystko ucichło.

Porzucone czołgi zostały na wzgórzu.

Robot tryumfował.

Dzieci w dra-kuli patrzyły na to bezradnie. Nie wiedziały, co teraz zrobić. Nagle Alik zawołał:

– Już wiem! Pamiętasz wózki sklepowe?

– Co?

Alik nie odpowiedział. Wychylił się z drzwi dra-kuli i skierował berło w stronę czołgów stojących wokół wzgórza.

– Czołgi, atakujcie robota! – krzyknął. – Atakujcie go! Rozkazuję!

Pancerne pojazdy drgnęły. Silniki zawarczały, a gąsienice zaczęły się obracać. Czołgi gwałtownie ruszyły. Same, bez kierowców!

– Atakujcie go! – krzyczał Alik. – Rozkazuję!

Wszystkie czołgi zaczęły się wspinać na wzgórze w stronę stalowego olbrzyma. Ten natychmiast podniósł ręce. Znów wystrzeliły szare chmury przerażaczy i uderzyły w pojazdy. Ale oczywiście nic to nie dało. Przecież czołgi jechały bez żołnierzy! Nie było w nich nikogo, kogo przerażacze mogłyby wystraszyć.

Czołgi sunęły w stronę robota z chrzęstem gąsienic. Zbliżały się.

– Szybciej! – krzyczał Alik. – Szybciej!

Pojazdy przyspieszyły. Jeszcze sto metrów i dotrą do robota! Uderzą w niego i go rozgniotą!

Nagle dzieci zobaczyły coś dziwnego. Korpus robota zaczął się otwierać jak kasa pancerna. Okrągłe drzwi na wysokości brzucha rozchyliły się na dwie strony. Błysnęło czerwone światło, jakby w robocie płonął ogień. Metalowy stwór wyjął ze swego wnętrza świecący przedmiot. Rozżarzoną kulę ze znakiem zygzaka. Lśniła tak mocno, że dzieci i Budyń musieli zmrużyć oczy.

– Co to jest? – szepnęła Idalia.

– Chyba błyskawica, którą połknął – powiedział Alik. – On skoncentrował moc błyskawicy!

Robot uniósł stalową rękę i cisnął błyskawicę w stronę najbliższego czołgu. TRACH! Wielka kula ognia eksplodowała na pancerzu. Czołg zatrzymał się. Gąsienice były rozerwane, a pancerz pęknięty.

Robot rzucił następną błyskawicę. Tym razem płonący pocisk trafił równocześnie w dwa czołgi. Oba się rozpadły, zmieniając się w stertę stopionego żelastwa.

Wtedy Alik krzyknął:

– Czołgi! Strzelać do niego! Ognia! Ognia!!!

Wystrzeliły tylko trzy czołgi będące najbliżej robota. Jeden pocisk go ominął, ale dwa trafiły. Stalowy olbrzym tylko się zachwiał. Na jego pancerzu nie powstała nawet rysa!

Pozostałe czołgi nie zdążyły wycelować. Robot złapał w dłonie stertę świecących kul i zaczął je miotać w stronę szarżujących pojazdów. Błyskawice trafiały bezbłędnie. TRACH! HUK! TRZASK! Seria eksplozji przetoczyła się nad wzgórzem. Blask był tak oślepiający, że przez chwilę nie było nic widać. Uniósł się dym. Kiedy opadł, dzieci i Budyń ujrzeli, że wszystkie czołgi są zniszczone. Niektóre się rozpadły, inne stopiły się jak lód.

– Rozwalił wszystkie czołgi – jęknął Alik.

W tej chwili robot uniósł głowę. I ujrzał dra-kulę!

– Zauważył nas! – wrzasnął Budyń. – Zwiewajmy!

– Alik, zamknij właz! – krzyknęła Ida.

Chłopiec zatrzasnął drzwi. Idalia, która siedziała na fotelu pilota, pociągnęła sterownik i dra-kula zaczęła się błyskawicznie wznosić.

Robot patrzył na nich. Jego zielone laserowe oczy zaświeciły mocniej. Nagle uniósł rękę. Trzymał w niej świetlistą kulę, większą niż poprzednie. Cisnął ją w stronę dra-kuli. Pocisk rozwinął się w błyskawicę, jak płonąca serpentyna. Ida szarpnęła sterownik, robiąc unik, ale błyskawica także skręciła. Uderzyła w ich pojazd. TRACH!

Dra-kula podskoczyła i zawirowała. Uderzenie pioruna było tak straszne, że w pojeździe wszyscy się przewrócili. Ida spadła z fotela. Na szczęście dra-kula była zrobiona z tworzywa, które nie przewodziło elektryczności, więc prąd ich nie poraził. Ale silnik dra-kuli przestał pracować. Pojazd zaczął spadać. Po chwili silnik się włączył. Na zmianę to wył na najwyższych obrotach, to znów gasł i milkł. Dra-kula spadała i wznosiła się.

– Uszkodził nam silnik! – wrzasnął Alik. – Musimy lądować.

Wspiął się na fotel pilota i pchnął joystick. Dra-kula zaczęła opadać. Trzęsła się i wibrowała. Dziesięć metrów nad ziemią silnik zupełnie się wyłączył i runęli na łąkę. Elastyczna obudowa złagodziła uderzenie. Pojazd przetoczył się kilkaset metrów, wreszcie niebieska kula zaplątała się w krzaki i stanęła.

– Żyjecie?! – zawołał Alik.

– Ja tak – pisnął Budyń.

– Ida…?

– Okej. Jestem w całości.

Otworzyli z trudem właz i wyczołgali się z dra-kuli. Chwilę leżeli na miękkiej ziemi, dochodząc do siebie po niesamowitych przeżyciach. W końcu się podnieśli i zaczęli oglądać pojazd.

Dra-kula była w kilku miejscach osmalona płomieniem błyskawicy. Silnik był popękany. Patrzyli niepewnie, nie wiedząc, co robić. Dra-kula jeszcze nigdy nie uległa tak wielkiemu uszkodzeniu. Czasem miała drobne awarie, ale Blubek zawsze potrafił je naprawić.

– Może uda się to zreperować za pomocą berła? – spytała Ida.

– Spróbuję…

Alik wyjął z pojazdu berło. Cofnął się kilka kroków.

– Niech dra-kula się naprawi! – zawołał. – Rozkazuję!

Nic się nie zdarzyło. Silnik nadal był pęknięty, czarne smugi pozostały na obudowie.

– Nie da się jej zreperować w ten sposób – westchnął Alik. – Berło może zrobić tylko to, co jest możliwe.

– Ale dra-kula nie może być zniszczona! – zawołała Idalia. – Nie możemy jej stracić!

– Szef byłby załamany – szepnął Budyń. – On lubi dra-kulę. Bardzo.

Alik uważnie oglądał uszkodzony silnik.

– Chyba możemy go naprawić.

– Jak?

– Trzeba za pomocą berła stworzyć części zamienne i zreperować uszkodzenia.

– Tutaj?

– Tu się nie da. Musimy mieć elementy do zrobienia tych części. Trzeba dostać się do miasta. Do jakiegoś sklepu albo warsztatu i tam…

– Uwaga! – szepnął nagle Budyń i uniósł głowę. Węszył intensywnie. – On tu idzie! Zbliża się!

Byli tak zajęci badaniem dra-kuli, że zapomnieli o robocie!

Poczuli drżenie ziemi i usłyszeli łomot ciężkich kroków.

– Chowamy się! – zawołał Alik.

Na szczęście dra-kulę mimo uszkodzeń udało się zmniejszyć. Alik schował ją do kieszeni i cała trójka wskoczyła między krzaki. Skulili się na dnie małego rowu. Była tam kałuża, ale nie mieli czasu na szukanie lepszej kryjówki.

Leżeli bez ruchu, nadsłuchując coraz głośniejszego dudnienia kroków robota. Zobaczyli światło migoczące za krzakami. Zbliżało się. Ziemia drżała coraz mocniej.

Po chwili ujrzeli robota idącego drogą. Na czubku głowy miał laserowy reflektor, który rozświetlał mrok. Jego stalowa głowa obracała się nieustannie. Światło myszkowało wśród zarośli.

– Szuka nas – szepnął Budyń. – Schylcie się.

– Ciii…

Robot zbliżał się do ich kryjówki. Czuli ciepło, jakie biło od metalowego cielska. Wielkie ręce robota ze stalowymi chwytakami kołysały się przy każdym kroku.

Ida zadrżała na myśl, co by było, gdyby te straszne obcęgi ich złapały.

Robot był kilka kroków od nich.

– Chyba nas nie zobaczy… – powiedziała cicho Ida.

– Może wyczuć ciepło – szepnął Alik. – On ma czujniki termowizyjne. Spróbuję zrobić zabezpieczenie.

Podniósł berło i rozkazał:

– Niech ziemia obok nas zamarznie.

Natychmiast wokół nich się ochłodziło. Pojawił się krąg białego szronu, woda w kałuży zamarzła. Poczuli straszne zimno. Szybko zapięli bluzy, a Ida objęła Budynia, starając się go ogrzać.

Robot szedł powoli, tuż obok ich kryjówki. Nagle zatrzymał się. Jego głowa się obróciła, oświetlając zarośla laserowym promieniem. Na szczęście po chwili robot znowu ruszył. Minął ukryte dzieci i Budynia i poszedł dalej drogą.

– Uff… – odetchnęła z ulgą Ida. – Polazł sobie!

Wychylili się ostrożnie. Zobaczyli oddalającego się olbrzyma.

– Na pewno idzie zniszczyć następną elektrownię – pisnął Budyń.

Patrzyli niepewnie na sylwetkę robota wciąż widoczną w księżycowym świetle. Stalowy wielkolud zostawiał na piaszczystej drodze głębokie ślady.

– Alik, mam pomysł! – szepnęła nagle Ida. – Pamiętasz… kiedy walczyliśmy z olbrzymami, to one się zapadały w miękkiej ziemi. Nie mogły przejść przez błoto. A on jest chyba jeszcze cięższy, bo jest metalowy.

– I co chcesz zrobić?

– Wywołać wielki deszcz. Jak ziemia zrobi się miękka, to on się zapadnie. Utopi się w błocie.

– To super pomysł! – pisnął Budyń.

– Daj mi berło!

Alik podał dziewczynce magiczny przedmiot. Idalia szybko wyszła na drogę. Skierowała berło w stronę chmur:

– Niech pada deszcz – powiedziała. – Największy deszcz na świecie! Rozkazuję!

TRACH! Zaczęła się straszna ulewa. Wszędzie w zasięgu wzroku lały się strumienie wody. Ziemia natychmiast rozmiękła. W kilka chwil łąka i droga zmieniły się grzęzawisko.

Dzieci i Budyń, ślizgając się w błocie, ruszyli w stronę robota. Zobaczyli, że idzie coraz wolniej. Z trudem wyrywał ciężkie stopy z błota. W końcu stalowe monstrum zatrzymało się. Ziemia stała się tak grząska, że robot zaczął się zapadać.

– Zobaczcie – szepnęła Idalia. – On tonie w błocie!

– Podejdźmy bliżej – powiedział Alik.

– Tylko ostrożnie, bo może odpalić te pioruny! – ostrzegł Budyń.

Ida i Alik zaczęli się skradać drogą, kryjąc się za krzakami. Naciągnęli kaptury, osłaniając się przed ulewą. Biedny Budyń nie miał kaptura i po sekundzie był mokry jak pranie zostawione na deszczu. Zbliżyli się do robota na odległość stu kroków i ukryli się za krzakiem. Idalia patrzyła przez lornetkę.

Wielki robot stał nieruchomo. Grząska ziemia wciągała go powoli. Wsysała jak bagno ciężki kamień. Stalowy olbrzym był już zanurzony do kolan i wciąż się zapadał.

Nagle robot uniósł rękę.

Dzieci i Budyń błyskawicznie skulili się za krzakiem, ale robot ich nie atakował. Dotknął dłonią pojemnika w ramieniu. Wieko skrzynki otworzyło się. Robot włożył tam rękę i coś chwycił.

Idalia wychyliła się, patrząc uważnie przez lornetkę. Zobaczyła, że robot wyjmuje klucz. Przedmiot błyszczał jak zrobiony z brylantu.

Robot włożył klucz do otworu w swoim korpusie, tam gdzie człowiek ma serce. Przekręcił go. Coś zgrzytnęło. I nagle robot zaczął się zmniejszać. Malał szybko, aż osiągnął wzrost dziecka. Jednocześnie jego ciało pokryła skóra. Głowa robota przeistoczyła się w głowę chłopca!

– Zobaczcie! – szepnął Budyń. – On zmienia się w człowieka! W dziecko!

– Chyba chce być lżejszy – powiedział cicho Alik.

Po chwili transformacja się zakończyła. Robot zmienił się w chłopca. Jasnowłosego dwunastolatka ubranego w bluzę i jeansy. Teraz bez trudu wydostał się z błota.

Ida przez lornetkę zobaczyła, że robot w ludzkiej skórze chowa klucz w kieszeni bluzy. Potem „chłopiec" ruszył polną drogą. Najpierw szedł powoli, potem coraz szybciej. Wreszcie zaczął biec. Mimo że padał deszcz i droga była błotnista, chłopiec-robot poruszał się błyskawicznie, szybciej niż jakikolwiek człowiek. Po chwili zniknął za wzniesieniem.

Ida opuściła lornetkę.

– Widzieliście? – spytała.

– Tak... Zmienił się w chłopaka.

– Nie o to chodzi. On miał klucz! Użył klucza, żeby przybrać ludzką postać.

– Klucza? – zdziwił się Alik.

– Tak, widziałam to przez lornetkę. Robot miał klucz zrobiony z jakiegoś kryształu. Włożył go do otworu, tutaj gdzie człowiek ma serce. Kiedy przekręcił ten klucz, zaczął się zmieniać w dziecko. A potem schował go do kieszeni.

– Jesteś pewna? – zapytał Alik.

– Tak.

– Słuchajcie! To jest megaważne!

– Dlaczego?

– Bo to znaczy, że on musi mieć klucz, żeby się zmieniać! – zawołał Alik. – Trzeba ukraść ten klucz! Wtedy on nigdy nie transformuje się w wielkiego robota. Rozumiecie? Jak zabierzemy mu klucz, to robot na zawsze pozostanie chłopcem! A jako dziecko nie jest groźny.

– Nie wiadomo – powiedziała Ida. – Może mieć jakieś ukryte moce.

– Raczej nie.

– Skąd wiesz?

– Kiedy niszczy elektrownie, to wcześniej zmienia się w wielkiego robota. To znaczy, że nie może tego robić, gdy jest dzieckiem. Nie ma dosyć siły. Musi się zmienić w wielkiego potwora.

– Chyba masz rację… – pisnął Budyń.

– Trzeba go dogonić i zabrać mu ten klucz! – powiedział Alik.

– Ale jak go dościgniemy? – spytała Ida. – Dra-kula nie działa, a on pędzi jak wyścigówka.

– Musimy też biec.

– Jogging? – jęknął Budyń. – O nie! Tylko nie to!

– I tak go nie dogonimy! – zawołała Ida.

– Dogonimy, jeśli zwiększymy naszą prędkość – powiedział Alik.

– Berłem?

– Tak.

– Przecież można zrobić tylko to, co jest możliwe – powątpiewała Idalia.

– Czytałem, że ludzki organizm ma niesamowite możliwości, tylko ich nie wykorzystuje…

– No dobra… Spróbujmy.

Alik odwrócił berło, kierując je na siebie, Idę i Budynia.

– Chcę, żebyśmy potrafili biec dwa razy szybciej niż najszybszy człowiek na świecie. I nie męczyli się przy tym za bardzo. Niech czar trwa… godzinę. Rozkazuję!

Natychmiast poczuli coś dziwnego. Jakby ktoś ich podłączył do ładowarki i napełniał energią. Ich nogi stały się silniejsze, a płuca szybciej nabierały powietrza.

– Chyba się udało! – szepnęła Ida.

– Zaraz to sprawdzimy. Start!

Cała trójka zaczęła biec polną drogą. Po kilku sekundach osiągnęli prędkość najlepszego sprintera! A potem jeszcze przyspieszyli! Biegli niesamowicie szybko i lekko, niemal bez wysiłku. Było to cudowne uczucie.

– Tak to rozumiem! – wołał kundelek, wykonując niesamowite skoki. Pędził szybciej niż gepard!

Alik, Ida i Budyń biegli prawie pół godziny, a wcale nie czuli zmęczenia.

Niebo pojaśniało i zaczęło wschodzić słońce. Na walce i pościgu spędzili całą noc! Dzięki berłu nie bolały ich nogi, ale byli okropnie śpiący.

Nagle Ida zawołała:

– Zobaczcie! On tam jest!

Daleko, na końcu drogi, ujrzeli chłopca-robota. Poruszał się szybko, ale oni biegli jeszcze prędzej. Doganiali go.

Na wszelki wypadek zaczęli się kryć za przydrożnymi krzakami. Bali się, że robot w ludzkiej skórze może mieć jakąś tajną broń. Na szczęście „chłopak" nie oglądał się za siebie.

Po jakimś czasie usłyszeli hałas jadących samochodów. Kiedy wbiegli na szczyt pagórka, zobaczyli szosę. Był przy niej parking, na którym stało kilka ciężarówek i czerwona alfa romeo. Kierowcy pili kawę w małym barze. Świeciły się lampy. To oznaczało, że tutaj jeszcze jest prąd.

– Szosa... To niedobrze – szepnął Alik. – On teraz może się zmienić w wielkiego robota, bo na asfalcie nie będzie się zapadać.

Jednak „chłopak" na razie nie przeistaczał się. Wszedł na parking i zatrzymał się obok dużej ciężarówki Iveco.

Dzieci także pobiegły na parking i ukryły się za czerwoną alfą romeo.

Ida wyjęła lornetkę i obserwowała robota.

„Chłopak" zbliżył rękę do drzwi ciężarówki. Usłyszeli pisk i drzwi pojazdu się otworzyły. Po sekundzie uruchomił się silnik.

– Ma wbudowany nadajnik – szepnął Alik. – Przejął kontrolę nad komputerem ciężarówki!

Robot spokojnie wszedł do samochodu. Usiadł na miejscu kierowcy. Obniżył kierownicę, która była dla niego zbyt wysoko. Potem silnik zawarczał głośniej i czarna ciężarówka ruszyła. Wyjechała z parkingu i popędziła szosą.

– Uciekł drań! – zawołała Ida.

– Nie dogonimy go teraz... – jęknął Budyń. – Tak szybko jak samochód nie umiemy biec.

– Co robimy?

Alik zerknął do wnętrza czerwonej alfy romeo.

– Nie! – zawołała Ida. – Alik, nawet o tym nie myśl! Zabijemy się na pierwszym zakręcie! Nie umiemy prowadzić takiego samochodu.

– My nie, ale berło tak.

Alik skierował magiczny przedmiot na samochód. Szepnął coś i drzwi auta otworzyły się.

– Właźcie!

Alik usiadł na miejscu kierowcy, a obok niego Ida. Wzięła na kolana Budynia. Siedzenia były obite czerwoną skórą, a zegary miały fajny kształt. Na kierownicy był srebrny napis: GIULIA QUADRIFOGLIO.

– Zapinamy pasy! – zakomenderował Alik.

Ida zapięła pas bezpieczeństwa i mocno objęła Budynia.

Alik skierował berło w stronę tablicy rozdzielczej samochodu i wydał rozkaz:

– Ruszaj!

Silnik natychmiast się uruchomił. Drążek automatycznej skrzyni biegów sam się przestawił na pozycję JAZDA. Alfa romeo powoli ruszyła.

– Wjedź na szosę! – rozkazał Alik.

Kierownica się obróciła i auto skręciło z parkingu na drogę.

– Naprzód! Jedź! Szybciej!

Silnik zahuczał i auto przyspieszyło.

W tej chwili z baru wybiegła kobieta w czerwonej sukni. Zaczęła krzyczeć, próbowała gonić samochód.

Jednak czerwone auto zniknęło już za zakrętem drogi.

Pędzili szosą z niesamowitą prędkością. Samochód jechał samodzielnie. Alik nie dotykał kierownicy ani hamulca czy gazu. Wszystko działo się automatycznie. Kierownica sama się obracała, a alfa romeo sama przyspieszała lub zwalniała, gdy było to potrzebne.

– Alik! Teraz zostaliśmy prawdziwymi przestępcami – westchnęła Ida. – Złodziejami samochodów!

– Nieprawda. Przecież oddamy to auto. Ono jest nam potrzebne, żeby dopaść robota. Jeżeli on zniszczy elektrownie, to wszystkie auta staną się bezużyteczne. Bez prądu nie będą działać stacje benzynowe ani…

– Co to za dziwny zapach? – przerwał nagle Budyń. – Coś w tym aucie śmierdzi... Co za obrzydliwy zaduch...

– Ja nic nie czuję – powiedziała zdziwiona Ida.

– Jak to? Przecież tu cuchnie. To chyba jest... Zapach kota! – krzyknął Budyń. – Tu jest kot!

– Kot? Co ty gadasz?!

– Jest tutaj kot, czuję go! Wstrętny koci zapach wyczuję na kilometr!

Dokładnie w tej chwili usłyszeli ciche „miau". A potem drugie, głośniejsze „MIAUAUU!".

Idalia szybko się odwróciła.

Na tylnym siedzeniu stały dwie klatki. A w każdej siedział kot! Nie zauważyli ich w czasie porywania auta! Jeden kot był czarny, w drugiej klatce siedziała biała kotka. Czarny kot był szczupły, miał duże uszy i żółte oczy. Kotka miała gęste, nastroszone futro. Na klatkach były tabliczki z imionami. Kotka nazywała się Alfa, a kot Romeo. Widocznie właścicielka była fanką tej marki samochodów. Koty patrzyły uważnie na dzieci i Budynia. Kotka zamiauczała cicho.

Kundelek wspiął się na oparcie fotela i gapił się z obrzydzeniem.

– No nie! – jęknął. – Podróż z kocurami! Ja tego nie wytrzymam! Nie zniosę!

Ida szepnęła:

– O rany! Niechcący porwaliśmy dwa koty. Co teraz zrobimy?

– No... po prostu muszą jechać z nami – powiedział niepewnie Alik.

– Ale one będą tęsknić za domem! – zawołała Idalia. – Trzeba je oddać!

– Jak? Przecież nie możemy zawrócić. Musimy ścigać robota!

– Ale co z nimi zrobimy?

– No... Musimy się nimi zaopiekować.

– Nie!!! – zawołał Budyń. – Nie zgadzam się! Nie będę się opiekować kocurami! Niech stąd spadają!

– Budyń! Przestań – powiedziała Ida. – Przecież one są fajne. Zobacz!

– Nie mam ochoty patrzeć na wstrętne myszojady.

Budyń odwrócił się z obrażoną miną.

Koty w odpowiedzi cicho miauknęły.

– Mam nadzieję, że nie są głodne… – westchnęła Ida.

– Za to ja jestem głodny – burknął Budyń. – Ale o kundla oczywiście nikt się martwi. Nie jedliśmy nic od wczoraj. Uprzedzam, że jak nie będzie dobrego obiadu, to zjem kota. Choć nienawidzę, jak futerko drapie mnie w gardle.

– Tu jest paczka kitekata – powiedziała Ida, otwierając schowek obok pasażera. – Budyń, może zjesz trochę?

– Chyba oszalałaś! – oburzył się kundelek. – Nigdy nie ruszę kociego żarcia! To poniżej mojej godności. Poza tym…

– Jest ciężarówka! – zawołał nagle Alik. – Tam! Widzicie? To jest ten samochód.

Przed nimi jechało czarne iveco. Ciężarówka poruszała się bardzo prędko, ale sportowa alfa romeo była dużo szybsza. Zbliżyli się do samochodu robota na odległość kilkuset metrów. Potem Alik rozkazał, żeby ich pojazd zwolnił.

– Co robimy? – spytała Ida.

– Możemy ją zepsuć.

– Ciężarówkę?

– No tak... Rozkażemy, żeby pękła opona albo silnik się rozleciał. Wtedy samochód się zatrzyma.

– I co dalej?

– Spróbujemy się podkraść i zabrać mu klucz.

– On od razu może się zmienić w wielkiego robota. Deszcz nam nie pomoże, bo tu jest twarda asfaltowa szosa.

Zanim zdecydowali, co robić, ciężarówka zwolniła i skręciła w boczną drogę.

– Jedź za tą ciężarówką – rozkazał Alik. – Ale na razie się nie zbliżaj!

Alfa romeo posłusznie skręciła w boczną drogę, tam dokąd pojechała ciężarówka.

– Alik, zobacz! – Ida wskazała drogowskaz stojący przy szosie.

Był na nim napis: ELEKTROWNIA TIRRENO POWER 10 KILOMETRÓW.

– Robot jedzie zniszczyć następną elektrownię! – zawołał Alik.

– Trzeba go powstrzymać! – krzyknęła Ida. – Rozwal mu auto.

Alik podniósł berło i chciał wypowiedzieć rozkaz. Jednak droga była kręta i ciężarówka kryła się co chwilę za drzewami. Wreszcie wyjechali na prosty odcinek drogi. Samochód robota stał się dobrze widoczny.

Alik wysunął berło przez okno i zawołał:

– Niech w tym samochodzie pękną wszystkie opony!

TRACH! HUK! Pękły naraz cztery opony.

Niestety nie w ciężarówce, lecz w alfie romeo. Rozkaz podziałał na najbliższe auto! Czyli ich!

Opony na czterech kołach ich samochodu eksplodowały z hukiem. Alfa romeo zawirowała na drodze.

Alik nacisnął hamulec. Samochód wjechał na pole, ryjąc ślad w ziemi. Zatrzymali się na stercie słomy. Chwilę siedzieli bez ruchu. Wreszcie Alik otworzył z trudem drzwi i wyszli z auta. Opony były sflaczałe, a zderzak urwany.

– Ale jestem głupi – jęknął rozpaczliwe chłopak. – Źle powiedziałem rozkaz i podziałał na nasz samochód. Jestem głupi!!! – Alik ze złością kopnął pękniętą oponę.

W tym czasie ciężarówka prowadzona przez robota odjechała, znikając za wzniesieniem.

– On zaraz dotrze do elektrowni! – szepnęła Ida. – Zmieni się w wielkiego robota i ją zniszczy!

– Możemy biec – zaproponował Budyń. – To kilka kilometrów. Może zdążymy tam dobiec, zanim on się powiększy. Jesteśmy wciąż najszybszymi biegaczami na świecie.

– Masz rację! – powiedział Alik. – Biegniemy…

W tej chwili rozległo się głośne miauknięcie. Potem drugie.

– Koty! – zawołała Ida. – Zapomnieliśmy o nich. Nie możemy ich zostawić.

– I co chcesz zrobić? – spytał Alik.

– No… Musimy je zabrać – powiedziała Ida.

– A może po prostu wypuścimy je z klatek? Koty sobie poradzą.

– Nie możemy ich zostawić. To by było nie fair. Musimy je zabrać ze sobą.

– Bez sensu! – zawołał Budyń. – Czy my jesteśmy przechowalnią zaginionych kocurów?

Mimo jego protestów Idalia wyciągnęła z auta dwie klatki z kotami. Jedną dała Alikowi. Sama wzięła drugą.

– Biegniemy!

Popędzili drogą. Czar nadal działał i nogi niosły ich lekko, ale klatki z kotami ciążyły im w rękach. Droga prowadziła pod górę, musieli się wspinać na kolejne wzniesienia. Sapali ciężko. Na szczęście po dziesięciu minutach szalonego biegu zobaczyli tablicę z napisem: ELEKTROWNIA TIRRENO POWER. WSTĘP WZBRONIONY. Dalej był ogrodzony teren z dziesiątkami budynków, wielkich maszyn i słupów z przewodami.

Czarna ciężarówka była zaparkowana przy drodze. Obok stał robot. Na szczęście wciąż miał postać chłopca.

Blondyn stał nieruchomo i wpatrywał się w elektrownię, jakby tworzył plan zniszczenia.

Dzieci odłożyły klatki z kotami na trawę i skuliły się w krzakach.

– Co robimy? – szepnęła Ida.

– Możemy się podkraść i wszyscy na niego się rzucić – powiedział Alik. – Chyba zdołamy go pokonać i zabrać mu klucz?

– Nie wiadomo, jaki on jest silny.

– Możemy wzmocnić naszą siłę – powiedział Alik. – Kuki kiedyś tak zrobił…

– A jak on ma jakąś ukrytą broń? – spytał Budyń. – Nóż laserowy albo miotacz promieni? Wtedy siła nam nie pomoże!

– Czekajcie! Mam super pomysł! – zawołała Ida. – Możemy wysłać koty!

– Co?! – zdziwił się Alik.

– Rozkażemy kotom, żeby się do niego zakradły i porwały mu ten klucz. Koty chodzą bezszelestnie i skaczą lepiej niż my. I są małe, więc mogą się ukryć w trawie!

– Myślisz, że to się uda? – powątpiewał Alik.

– Koty są sprytne. I umieją polować.

– No dobra, spróbujmy.

– A czy ja mogę wydać im rozkaz? – zgłosił się Budyń. – Zawsze marzyłem o tym, żeby koty robiły, co im każę.

– Dobrze... Tylko szybko, bo ten „chłopak" zaraz się zmieni w wielkoluda.

Idalia otworzyła klatki. Alik owinął rączkę berła rękawicą, a Budyń przycisnął je łapą. Spojrzał na koty siedzące w klatkach i zawołał:

– Uwaga, kocury!

– Nie mów do nich „kocury" – zaprotestowała Idalia – bo będzie im przykro!

– Dobra. No więc, uwaga, miauczaki. Jestem teraz waszym szefem, czyli generałem. Macie słuchać moich rozkazów. Jasne? Zawsze! Będziecie oddziałem komandosów i macie robić, co generał wam każe. Zrozumiałyście, Alfa i Romeo, czy jak się tam nazywacie?

Koty miauknęły. Wpatrywały się Budynia jak urzeczone.

Alfa

Romeo

– W lewo patrz! – zawołał kundelek.

Koty odwróciły głowy.

– Widzicie tego blondynka? On ma w kieszeni klucz. Trzeba mu go zabrać, jasne? No więc chodzi o to, żebyście się do tego „chłopaka" podkradły. Żebyście zabrały mu klucz i nam przyniosły. Rozkazuję!

– Miauuuuuu!

Koty natychmiast wyskoczyły z klatek. Zaczęły się skradać w stronę robota.

– Tylko nie zawalcie sprawy, myszojady – pisnął kundelek. – Bo generał będzie bardzo niezadowolony!

– Ciii, Budyń – szepnęła Ida. – Nic teraz nie mów... Od tych kotów zależą losy świata!

– Ja nie mogę... Świat zależy od kotów...

– Cicho.

Idalia przez lornetkę obserwowała, jak dwa koty skradają się w stronę robota. Czarny Romeo szedł pierwszy. Skradał się ostrożnie, jak mały tygrys. Nim postawił łapkę, sprawdzał, czy nie zatrzeszczy sucha gałązka. Biała kotka szła metr za nim, z głową przy ziemi i uniesionymi uszami. Jej puchaty ogon wykonywał tajemniczy taniec. Koty skradały się bezszelestnie.

„Chłopak" był odwrócony tyłem. Patrzył na budynki elektrowni.

Koty zbliżały się do niego. Zostało im jeszcze kilka metrów.

W tej chwili „chłopak" sięgnął ręką do kieszeni. Błysnęło światło. Wyjął kryształowy klucz!

– On zaraz się transformuje – szepnęła Ida. – Stanie się wielki i zaatakuje nas!

Koty były krok od „chłopaka".

Robot rozpiął bluzę. Na jego skórze w okolicy serca był widoczny otwór otoczony metalem. Dziurka od klucza! „Chłopak" uniósł rękę z kluczem. Już miał go wcisnąć do otworu, kiedy oba koty skoczyły na niego.

– Miauuu!

Romeo wpił się pazurami w głowę robota, Alfa wskoczyła na jego ramiona. Złapała zębami klucz i wyrwała go z ręki „chłopaka". Oba koty dały susa na trawę.

Robot był zaskoczony. Na sekundę zastygł w bezruchu. Ale zaraz jego cyfrowy mózg podjął decyzję. „Chłopak" odwrócił się i popędził za białą kotką, która umykała z kluczem w zębach. Poruszała się niezbyt szybko, bo klucz jej ciążył.

Robot doganiał kotkę. Już prawie ją dopadł.

– On ją złapie! – zawołała Ida. – Alik! Ratuj ją!

Alik się zerwał. Chwycił berło i skierował je na robota.

– Wiatr! – krzyknął. – Niech wieje wiatr, tam gdzie jest robot! Wichura! Rozkazuję!

Robot usłyszał krzyk Alika i spojrzał na niego. Pierwszy raz ujrzał Alika, Idę i Budynia. I berło.

W tej chwili uderzył w niego wiatr. Był tak potężny, że blondyn się zachwiał i przewrócił. Zerwał się natychmiast i próbował dalej ścigać koty. Musiał walczyć z przeciwnym wiatrem, który go odpychał. Jego jasne włosy fruwały na wietrze.

W tym czasie koty przybiegły do dzieci. Alik chciał odebrać kotce klucz, ale Alfa go ominęła i położyła klucz przed Budyniem.

– Całkiem nieźle, miauczaki – pochwalił Budyń. – Choć mogłyście…

– Zwiewajmy! – zawołał Alik. – On tu idzie!

Robot przedarł się przez wichurę i biegł w ich stronę.

Alik chwycił berło. Ida wzięła klucz i pobiegli wzdłuż płotu otaczającego elektrownię. Budyń pognał za nimi. Oba koty wiernie mu towarzyszyły. Biegły tuż za kundelkiem.

– Co teraz zrobimy? – wysapał Alik.

– Trzeba zniszczyć ten klucz – szepnęła Ida. – Albo gdzieś go ukryć.

– Lepiej zniszczyć! Klucz może mieć jakiś nadajnik i robot go znajdzie.

– Najpierw my musimy się ukryć przed robotem.

Pędzili, przedzierając się przez krzaki rosnące wzdłuż płotu. Dotarli do bramy elektrowni. Była zamknięta.

Obok bramy stało okrągłe lustro na słupie. Chyba służyło ochroniarzom do obserwowania, kto idzie drogą. Jednak żadnych ochroniarzy nie było widać.

Dzieci i Budyń zatrzymali się. Nadsłuchiwali uważnie, ale kroków robota nie było słychać.

– Budyń, czujesz go? – szepnęła Ida.

Kundelek zmarszczył nos.

– Na razie nie…

– Okej. Rozwalamy ten klucz – powiedział Alik.

– Kamieniem?

– Nie, berłem. Połóż go na trawie.

Idalia położyła klucz. Błyszczał niesamowicie.

Alik wycelował berło.

– Niech ten klucz rozpadnie się w pył! – zawołał. – Rozkazuję!

Czekali, ale nic się nie zdarzyło.

Alik krzyknął ponownie:

– Niech ten klucz się rozleci. Rozkazuję!

Nic. Klucz nadal był cały.

– Już wiem – powiedziała Ida. – Ten klucz jest częścią robota, a przecież robot nie podlega rozkazom.

– No to spróbujemy go zwyczajnie rozwalić.

Alik złapał duży kamień leżący na trawie i uderzył w klucz. Nie powstała nawet rysa. Uderzył mocniej. Bez skutku. W końcu podniósł kamień wysoko i rzucił nim w klucz. Kamień się rozpadł, a klucz pozostał cały.

– Nie da się go rozbić. To jakiś superkryształ…

– A może go stopimy? – zaproponowała Ida.

– W ogniu?

– Tak. Szkło się topi. Widzieliśmy to kiedyś w fabryce bombek choinkowych. Pamiętasz?

Ida i Alik nazbierali suchych gałęzi i ułożyli je w stos.

Budyń stanął na straży sto metrów dalej. Towarzyszyły mu koty. Siedziały wiernie obok niego, wpatrzone w swego „generała".

Idalia skierowała berło na ognisko i szepnęła:

– Niech się zapali!

Buchnął ogień. Sterta drewna zaczęła płonąć, strzelając iskrami.

Idalia na wszelki wypadek odłożyła berło na trawę, daleko od ognia.

– Wrzucaj klucz! – powiedziała.

Alik cisnął klucz do ogniska. Obserwowali go uważnie. Najpierw nic się nie działo. Kryształ lśnił w ogniu. Nagle coś syknęło.

– Zobacz! – szepnęła Ida. – Topi się!

Klucz zaczął się rozpuszczać. Topił się jak sopel lodu. Po chwili rozpuścił się zupełnie, a strugi stopionego kryształu wsiąkały w piasek. Ognisko zaczęło przygasać.

Dzieci odetchnęły z ulgą. Klucz przestał istnieć.

– Udało się! – zawołała Idalia. – Ten drań już się nie zmieni w wielkiego robota! Nigdy! Już nie zrobi nic złego!

Ida aż podskoczyła z radości. I wtedy zobaczyła coś w lustrze stojącym przy bramie. Wrzasnęła i gwałtownie się odwróciła. Alik też się obrócił.

Za nimi stał jasnowłosy „chłopak". W ręku trzymał berło.

Przerażone dzieci odskoczyły. Oparły się o płot.

– Alik… On ma berło – wyszeptała Ida.

– Spokojnie… Przecież berło słucha tylko nas – powiedział cicho Alik. – Uważaj… Jak powiem „już”, rzucimy się na niego i odbierzemy mu berło.

Robot wpatrywał się w nich jasnymi, niebieskimi oczami. Ida i Alik pierwszy raz widzieli go z tak bliska. Wyglądał jak prawdziwe dziecko. Nie do odróżnienia!

Robot powoli uniósł berło i wycelował je w dzieci. Usłyszeli jego głos. Cichy, trochę monotonny:

– Rozkazuję, byście stali w miejscu.

TRACH! Nogi Idy i Alika znieruchomiały. Były jak sparaliżowane. Nie mogli nimi poruszać.

– Alik… Dlaczego to się stało? – jęknęła Ida. – Dlaczego berło go słucha?

– Wiem… – wyszeptał Alik. – Już wiem… Kiedy zakładaliśmy blokadę, powiedzieliśmy, że berło ma słuchać rozkazów tych, których widać w lustrze. Zobacz, on się odbija w lustrze!

Ida spojrzała na okrągłe lustro. „Chłopak" był w nim widoczny!

– On teraz będzie mógł wydawać rozkazy! – powiedział zrozpaczony Alik. – Będzie mógł zrobić wszystko!

Robot nie zwracał na nich uwagi. Wycelował berło w stronę elektrowni. Krzyknął:

– Chcę, żeby była zniszczona. Rozkazuję!

TRACH! Z budynków elektrowni wystrzeliły fajerwerki iskier. Wielkie generatory prądu zaczęły z hukiem pękać i się przewracać. Słupy podtrzymujące przewody łamały się. Z transformatorów uniosły się kłęby dymu. Odłamki maszyn wirowały w powietrzu. Zaczął wyć alarm. Z budynków wybiegali ludzie. Próbowali ratować urządzenia. Bez skutku.

Jedna po drugiej gasły latarnie i reflektory na dachach.

Po chwili wszystko ucichło. Tylko dym i woń spalonych przewodów unosiły się w powietrzu.

Elektrownia była zniszczona.

Alik i Ida patrzyli na to z przerażeniem. Jednak nie mogli nic zrobić. Stali nieruchomo.

W tej chwili robot odwrócił się i spojrzał na dzieci. Podszedł do nich powoli.

– Teraz będziecie mnie słuchać – powiedział cicho. – Tylko mnie. – Dotknął berłem Idalii i Alika. – Macie wykonywać moje rozkazy. Zawsze! Chodźcie ze mną.

Nogi Alika i Idalii poruszyły się. Paraliż minął. Lecz nie mogli robić tego, co chcieli. Musieli być posłuszni rozkazom robota. Byli w jego niewoli!

Jasnowłosy „chłopak" ruszył drogą. Alik i Idalia posłusznie poszli za nim.

Kiedy zniknęli za zakrętem drogi, z zarośli wysunął się Budyń. Patrzył z przerażeniem na porwanych przyjaciół. Psiak odczekał chwilę, a potem ostrożnie ruszył za nimi. Nagle usłyszał za sobą jakiś szelest. Odwrócił nerwowo głowę.

Biegły za nim dwa koty. Biała Alfa i czarny Romeo wiernie za nim podążały!

Kundelek spojrzał na nie i znów pobiegł za robotem i porwanymi przyjaciółmi.

Koty uparcie szły za Budyniem.

Robot zatrzymał się obok ciężarówki. Drzwi się otworzyły. „Chłopak" powiedział coś do Idy i Alika. Oboje pokornie się ukłonili i wsiedli do auta. Robot zajął miejsce kierowcy. Czarna ciężarówka ruszyła.

Przerażony Budyń patrzył, jak uwięzieni przyjaciele odjeżdżają razem ze swym strasznym „panem".

– Muszę ich ocalić... – szepnął Budyń. – Uratuję ich!

Zaczął biec szosą za ciężarówką. Niestety czar już nie działał, więc biegł z normalną prędkością. Znowu usłyszał miauczenie. Odwrócił się i zobaczył, że koty biegną za nim.

„No tak – pomyślał kundelek. – Przecież powiedziałem, że jestem ich szefem. Generałem. Na zawsze!"

Budyń się zatrzymał.

– Jeśli chcecie mi pomóc, możecie ze mną iść! – zawołał. – Ale to nie będzie zabawa. Muszę uratować Alika i Idę. Jak się nie uda, zginiemy wszyscy, rozumiecie? – Spojrzał na koty. – Nie chcę was zmuszać. Jeśli chcecie, możecie odejść. Pozwalam wam odejść, słyszycie?

Budyń znów ruszył drogą, tam gdzie pojechała ciężarówka.

Alfa i Romeo miauknęły i pobiegły razem z nim.

Daleko na drodze było widać czarną ciężarówkę. Samochód stawał się coraz mniejszy, aż w końcu zniknął.

DALSZE ZDARZENIA W NASTĘPNYM TOMIE *MAGICZNEGO DRZEWA*.

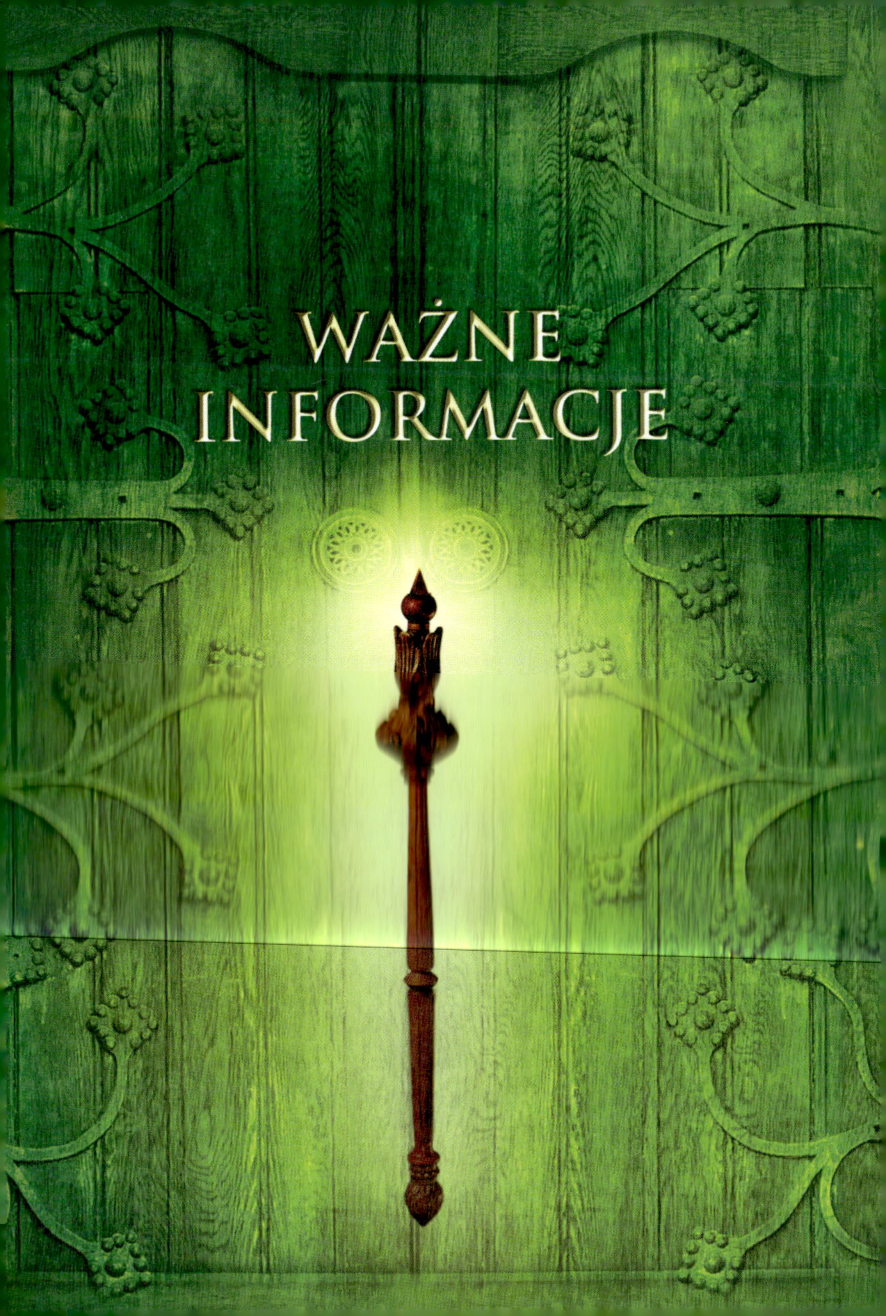
WAŻNE
INFORMACJE

KORTO

Mały robot o wyglądzie skorpiona. Został zniszczony, gdy walczył z Ogromnymi w obronie dzieci. Był niezwykle mądry. Nazywano go przewodnikiem, bo wskazywał drogę do przedmiotów z Magicznego Drzewa. Dzięki Korto bohaterowie znaleźli tajemniczą kostkę do gry, łuk i inne przedmioty. Początek historii Korto jest opisany w tomie *Gra*.

DRA-KULA

Pojazd stworzony dzięki magii czerwonego krzesła. Ma kształt kuli i lata z dużą prędkością. Potrafi się także toczyć po ziemi. Wewnątrz ma drugą kulę, która w trakcie jazdy pozostaje nieruchoma. W razie niebezpieczeństwa pojazd potrafi rozdzielić się na cztery osobne miniloty. Dra-kulę można zmniejszać do rozmiaru monety, co ułatwia jej przechowywanie. O tym, jak powstała dra-kula, można się dowiedzieć z tomu *Pojedynek*.

BUDYŃ – PIES, KTÓRY UMIE MÓWIĆ

Budyń jest niedużym kundelkiem. Kuki, używając magii czerwonego krzesła, zmienił jego głos na ludzki. W ten sposób Budyń stał się jedynym psem na świecie, który mówi jak człowiek. Razem z dziećmi bierze udział w niebezpiecznych wyprawach. Ma genialny węch, który pozwala mu wykrywać zagrożenia wcześniej, niż dostrzegą je ludzie. Pierwsze zdarzenia z mówiącym psem są opisane w tomie *Olbrzym*.

IDALIA

Gabi wygrała w konkursie drewnianą figurkę, która zmieniła się w dziewczynkę o imieniu Idalia. Wyglądała zwyczajne, lecz miała niezwykłe właściwości. Wszystkie życzenia Idalii spełniały się. Kiedyś, w chwili złości, zażądała, by na świat przybył smok. Potwór wyłonił się z morza, a Idalia i inni bohaterowie *Magicznego Drzewa* musieli stoczyć z nim walkę. Te zdarzenia są opisane w tomie *Cień smoka*. Pewnego dnia Idalia straciła magiczne cechy. Teraz mieszka w domu Gabi, chodzi do szkoły, lecz nadal jest niezwykłym dzieckiem.

ŚWIAT OGROMNYCH

Alik ułożył puzzle *TERRA MAGNORUM* i przeniósł się do Świata Ogromnych. Dzięki pomocy Idalii i innych dzieci udało mu się powrócić do domu. Lecz szukający go Ogromni przybyli pewnego dnia na Ziemię. Antybudzik uśpił mieszkańców miasta. Alik i Idalia musieli stoczyć samotną walkę z olbrzymami. Te zdarzenia są opisane w tomie *Inwazja*.

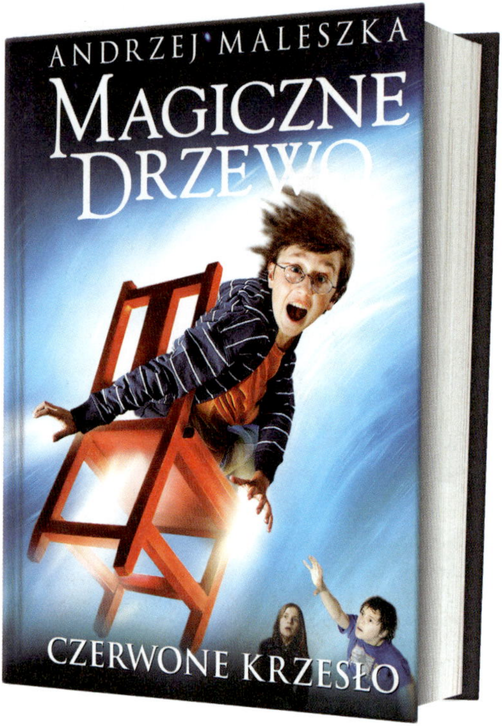

ANDRZEJ MALESZKA
MAGICZNE DRZEWO
CZERWONE KRZESŁO

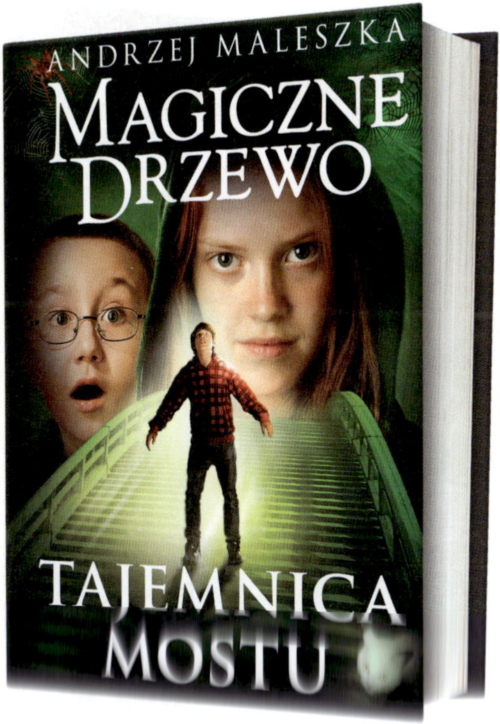

Kuki, Wiki i Melania muszą odnaleźć Most Zapomnienia. Czeka na nich gigantyczny pająk, podziemna rzeka i groźna Greta o trojgu oczach. Lecz tylko przejście przez most uwolni Filipa od czaru tajemniczej Żu. Na szczęście po ich stronie stoi najlepszy robot świata, pies geniusz i cudowna kotka Latte!

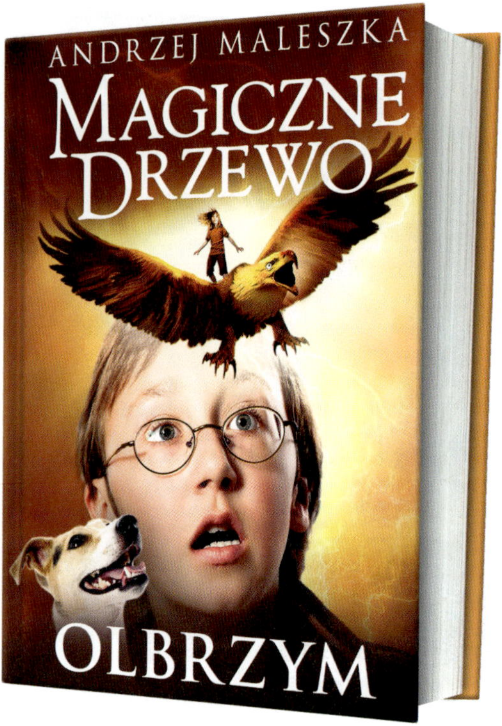

ANDRZEJ MALESZKA
MAGICZNE DRZEWO
OLBRZYM

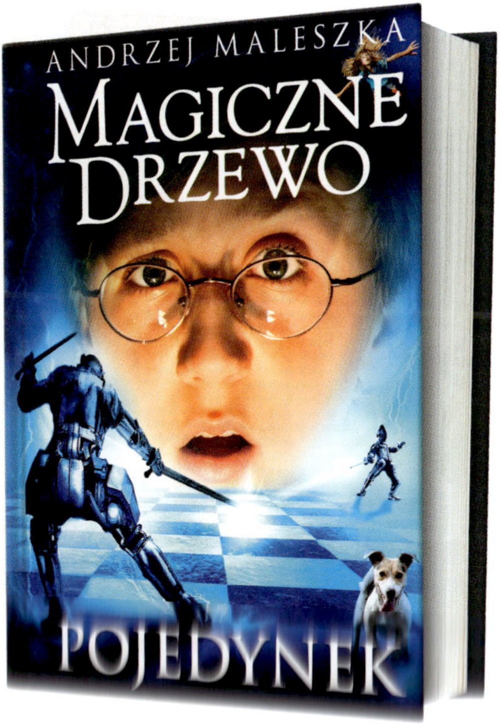
ANDRZEJ MALESZKA
MAGICZNE DRZEWO
POJEDYNEK

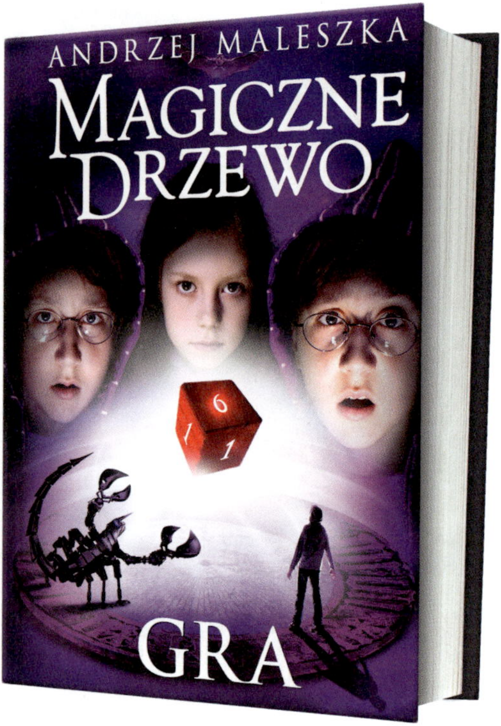

Klon Kukiego szuka tajemniczej kostki do gry. Odnajduje ją Kuki. Kostka ma potężną moc i wciąga posiadacza do niebezpiecznej gry. Gdy wypada jedynka, uruchamia się lawina groźnych zdarzeń. Gabi, Blubek, Kuki i jego pies zostają porwani do podziemnej twierdzy klona. Muszą pokonać roboty Moradora i Marę, sterowane nietoperze i pułapki skorpiona Korto. Przygodowa powieść o szybkim tempie i zaskakujących pomysłach. A także o szczęściu, pechu i przyjaźni...

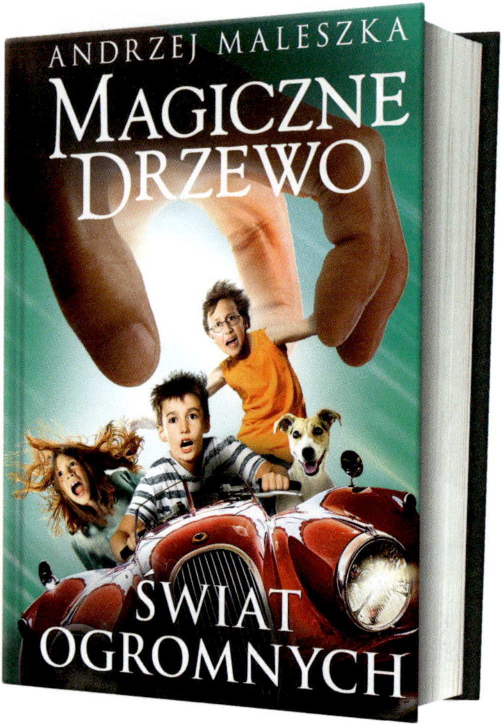

Bohaterowie zostają przeniesieni do Świata Ogromnych. Muszą żyć wśród olbrzymów i chodzić do szkoły z gigantycznymi dziećmi. Są jedynymi małymi istotami w świecie, gdzie wszystko jest ogromne, a każdy pragnie być największy. Walczą z wielkimi stworami, potężnym Gigunem i z pokusą, aby zmienić się w Ogromnych. By powrócić na Ziemię, muszą odnaleźć tajemnicze puzzle, które otwierają drogę do świata ludzi.

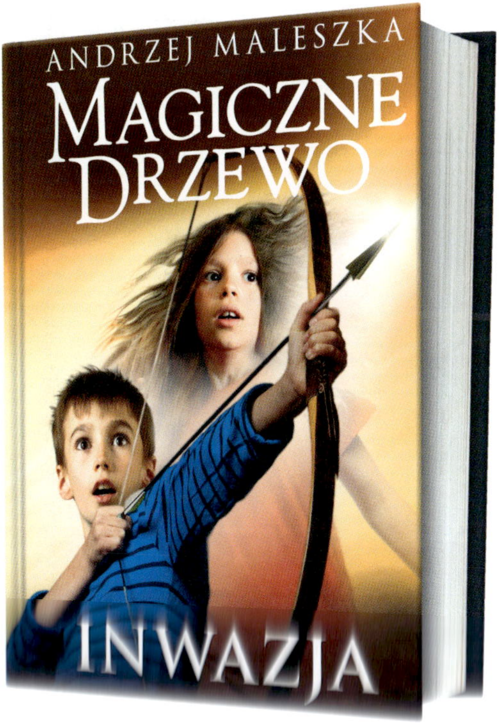

Olbrzymy ze Świata Ogromnych przybyły do miasta, a magiczny przedmiot uśpił wszystkich mieszkańców. Alik, Idalia i mówiący pies muszą samotnie walczyć z ogromnymi żołnierzami i wielkim Gigunem. W uśpionym mieście znajdują drewniany łuk i strzały o niezwykłej mocy. Wygrają, jeśli użyją ich we właściwy sposób...

NOWA SERIA
POWIEŚCI PRZYGODOWYCH

ANDRZEJ MALESZKA

BOHATEROWIE MAGICZNEGO DRZEWA

ANDRZEJ MALESZKA
BOHATEROWIE
MAGICZNEGO
DRZEWA
PORWANIE

ANDRZEJ MALESZKA

BOHATEROWIE MAGICZNEGO DRZEWA

PORWANIE

Porwano Budynia, jedynego psa na świecie, który umie mówić. Treser Gerard Kron zmusza go do występów na pokazach Szkoły Posłusznych Psów. Budyń i szczeniak Muki uciekają dra-kulą, magicznym pojazdem. Ściga ich treser i zdradziecki kameleon Prodo. Gdy Prodo psuje dra-kulę, uciekinierzy lądują w bardzo niebezpiecznym miejscu...

Bohaterowie Magicznego Drzewa to nowa seria powieści. Powstaje równolegle z bestsellerowym cyklem *Magiczne Drzewo*. Każdy tom opowiada o nieznanych przygodach jednej z postaci *Magicznego Drzewa*: Kukiego, Gabi, Alika, Idalii i innych. Bohaterem pierwszego tomu jest mówiący pies Budyń.